作者介绍

王学武，乡情、亲情文学知名作家，中国作家协会会员，原科技日报社研究部主任。在北京大学出版社出版有《乡读手记》、《亲疼》、"孝亲三部曲"[《亲疼》（第2版）、《亲缘》、《亲享》]。《乡读手记》入选国家新闻出版署《2020年农家书屋重点出版物推荐目录》。担任《医之心——百名协和医学专家医学人文志》编审指导。

出生于浙江省淳安县威坪镇安川村，1986年毕业于四川大学中文系，2020年被家乡授予"淳安文化传播杰出人物"。

王学武 著

图书在版编目（CIP）数据

乡愈 / 王学武著. — 北京： 北京大学出版社，2024.4

ISBN 978-7-301-34954-0

Ⅰ.①乡… Ⅱ.①王… Ⅲ.①散文集－中国－当代

Ⅳ.①I267

中国国家版本馆CIP数据核字(2024)第064638号

书　　　名	乡愈 XIANG YU
著作责任者	王学武　著
责 任 编 辑	邓晓霞
标 准 书 号	ISBN 978-7-301-34954-0
出 版 发 行	北京大学出版社
地　　　址	北京市海淀区成府路205 号　100871
网　　　址	http：//www.pup.cn　新浪微博：@北京大学出版社
电 子 邮 箱	zpup@ pup.cn
电　　　话	邮购部 010-62752015　发行部 010-62750672 编辑部 010-62753334
印　刷　者	北京九天鸿程印刷有限责任公司
经　销　者	新华书店 889毫米×1194毫米　32 开本　14.75印张　360千字 2024年4月第1版　2024年4月第1次印刷
定　　　价	98.00元

未经许可，不得以任何方式复制或抄袭本书之部分或全部内容。
版权所有，侵权必究
举报电话：010-62752024　电子邮箱：fd@pup.cn
图书如有印装质量问题，请与出版部联系，电话：010-62756370

乡心安处,是治愈(序)

每个人与出生或成长的地方,与父亲母亲或兄弟姐妹,抑或与同学朋友、同事同伴,都是生命中的一场相遇。这相遇,不可复制,却时常会闪现在梦乡,萦绕在生命里自我疗愈的每一程时光。

因为梦想,我们远行。因为远行,离别养育我们的亲人,道别滋养我们的山水。又因为梦归,我们让远行有了诗或诗意。有时,因为牵念故人、故土,太多的人将那一份浓得化不开的情愫,寄寓在第二故乡或深情驻足过的人生驿站。

于是,乡,不仅是家乡、故乡、原乡,不止是乡土、乡亲、乡愁,也不只是乡情、亲情、真情,有时候,还是我们在意、挂念、奋斗过的一个地方。而人生的每一程相遇和每一次深情相遇的地方,便成了心乡。那个与乡心相伴相依的人生旅途中的愈,便成了疗愈、治愈。

《乡愈》,由"乡之旅""亲之疼""心之情""淳之愈"四部分构成。"乡之旅",表达对乡村巨变的新感怀;"亲之疼",以原汁原味的心性表达,再催人们回归亲情本源;"心之情",重拾本源初心,共情心性修炼;"淳之愈",抒怀新时代乡情、乡愁对每个人的治愈。

　　《乡愈》,保持作者平淡如水的文字风格,在保留"孝亲三部曲"[《亲疼》(第2版)、《亲缘》、《亲享》]和《乡读手记》经典篇目基础上,增加作者近年在网络新媒体发表的更具乡愁思绪沉淀、更见积极人生态度、更富治愈美感的新作,是作者乡情、亲情、真情系列作品的全新呈现。

　　乡心安放,是疗愈;乡心安处,是治愈。凡为乡念,皆因初心。蓦然乡思,念乡在乡,是为《乡愈》。

2024年1月

目 录

乡之旅

① 老不回家，家会成老家　/2
② 一年等一回　/4
③ 故乡　/5
④ 千岛湖之歌　/8
⑤ 我们坐高铁回来了　/10
⑥ 我从安川来　/12
⑦ 想与不想　/14
⑧ 乡思俊　/16
⑨ 他乡的你　/17
⑩ 千岛湖畔　/19
⑪ 情义之河　/20
⑫ 遇见　/21
⑬ 风里归途　/22
⑭ 生命里没谁可以把你代替　/23
⑮ 有情比无情多　/24
⑯ 真心不易　/25
⑰ 轮回四季地写你　/26
⑱ 炒面　/27
⑲ 写封信到安川　/28
⑳ 愿你就是威坪　/29
㉑ 四月　/32
㉒ 清明之歌　/34
㉓ 在四月里感念　/35
㉔ 本乡　/36
㉕ 湖畔看日出的姑娘　/38
㉖ 给想象留白　/39
㉗ 千岛湖之春　/42
㉘ 淳安　/44
㉙ 望溪水　/45
㉚ 这世界有那么多动人的故事　/46
㉛ 中年行（四首）　/48
㉜ 时光自己不会悲催　/49
㉝ 原来乡情这么暖　/50
㉞ 阳光入心门　/52

乡 愈

- ㉟ 没特别本事的人 /53
- ㊱ 不枉此生 /54
- ㊲ 一方水土养一方人 /55
- ㊳ 北京的秋 /56
- ㊴ 苦乐心定 /57
- ㊵ 山水故乡 /58
- ㊶ 冬至 /59
- ㊷ 别过 /60
- ㊸ 愿中愿 /61
- ㊹ 兜转 /62
- ㊺ 悲喜心扉暖 /63
- ㊻ 流淌的心思总漾起你的样子 /64
- ㊼ 守望秋阳 /65
- ㊽ 人外城 /66
- ㊾ 阳光城 /67
- ㊿ 烟火故乡 /68
- ㈤ 千岛湖侬 /69
- ㈥ 我们都是追梦人 /71
- ㈦ 乡思曲 /72
- ㈧ 月在心上明 /73
- ㈨ 坐高铁去看湖 /74
- ㈩ 幸福季 /76
- ㊄ 淳歌 /77
- ㊅ 孤那个独 /79
- ㊆ 平凡的样子，暖心样子 /80
- ㊇ 幸福本就是一幅画 /81
- ㊈ 给心情一个吻 /82
- ㊉ 天亮的声音 /83
- ㊊ 又见面 /84
- ㊋ 一点一点 /85
- ㊌ 一碗面一念长 /86
- ㊍ 今晚，月亮 /87
- ㊎ 朔风吹 /88
- ㊏ 一切都是最好的安排 /89
- ㊐ 晨迎秋阳 /91
- ㊑ 写你写我 /93
- ㊒ 心海 /94
- ㊓ 若拍离别 /97

- ㊂ 我有一份心情 /99
- ㊃ 把名字记成了你的样子 /100
- ㊄ 家乡故乡原乡 /101
- ㊅ 伴你长大的叫奋斗 /103
- ㊆ 念是念的念 /105
- ㊇ 今世度今尘 /107
- ㊈ 回不去的那个地方 /109
- ㊉ 你是我此生的风景 /110

亲之疼

- ① 母亲，苦乐乾坤 /114
- ② 给母亲一个惊喜 /120
- ③ 母亲，随身手机唯接听 /124
- ④ 亲疼 /128
- ⑤ （没）看见 /134
- ⑥ 孝顺并无来世 /141
- ⑦ 守望中秋 /145
- ⑧ 打不通天堂的手机 /149
- ⑨ 其实我并不孝顺 /154
- ⑩ 父亲的剃头情结 /158
- ⑪ 父亲，一生最偎是担当 /163
- ⑫ 父亲的鞭炮情结 /169
- ⑬ 父亲的胡琴 /172
- ⑭ 天堂的父亲，是否每天还喝点小酒 /176
- ⑮ 温暖是棉 /180
- ⑯ 如果你还在 /184

乡愈

- ⑰ 与母亲是一生的缘　　　　　　　　　　/187
- ⑱ 传递亲疼，唤起我们潜藏的爱　　　　　/193
- ⑲ 亲情在，心有方向　　　　　　　　　　/196
- ⑳ 感恩——用老家话说，"记长性"　　　　/202

心之情

- ① 心思奏　　　　　　/212
- ② 独雄者　　　　　　/213
- ③ 客非客　　　　　　/215
- ④ 年年　　　　　　　/216
- ⑤ 展卷清新　　　　　/217
- ⑥ 何以放·何以扛　　/218
- ⑦ 把时光深情拥有　　/222
- ⑧ 本来平行两个人　　/225
- ⑨ 最有效的自愈叫时光愈　/227
- ⑩ 你是不是在修炼有趣的灵魂　/230
- ⑪ 书情　　　　　　　　　/231
- ⑫ 时光晒　　　　　　　　/233
- ⑬ 最是人间修为中　　　　/234
- ⑭ 人，只有不完美值得歌颂　/237
- ⑮ 多晚出发都不迟　　　　/239
- ⑯ 我喜欢你快乐的样子　　/241
- ⑰ 等下雪·下雪了　　　　/242
- ⑱ 硬核人生　　　　　　　/244
- ⑲ 要做的事就要做好　　　/245
- ⑳ 学会说不字，但别什么都说不是　/246

㉑ 每天都要快乐一点 /247
㉒ 每天，我们都在时间流 /248
㉓ 好心也应防坏报 /249
㉔ 待时光好一点，岁月就会浪漫一点 /250
㉕ 致生而平凡的我们 /252
㉖ 时间的风里 /254
㉗ 放不下就扛起来 /256
㉘ 错别句 /258
㉙ 怎么做人是哲学，人做得怎么样是文化 /259
㉚ 谁不是打工人呢 /261
㉛ 凡为长情 /262
㉜ 缘之缘 /264
㉝ 唯真 /266
㉞ 后生之年 /268
㉟ 人与人 /269
㊱ 字魂 /271
㊲ 谁为谁加持 /273
㊳ 有梦的人生像一本书 /274
㊴ 时光里的时光 /275

㊵ 故事里的光阴 /277
㊶ 别活得太累 /279
㊷ 人间值得 /280
㊸ 唯爱把平凡的人大写 /281
㊹ 只要你还 /282
㊺ 生命就是每天有个约会 /283
㊻ 淡淡的是世界的白描 /284
㊼ 风景世间独好 /286
㊽ 守一念唯美 /288
㊾ 此去经年 /289
㊿ 雪花落梦 /290
51 珍惜健康的每一天 /291
52 不要纠结是否抑郁 /293
53 岁月许你 /295
54 换个心情 /296
55 逻辑 /297
56 每天努力一点 /298
57 谁叩开谁的心门 /299
58 苦乐对 /301

乡愈

- 59 活出喜欢的样叫阳光　/302
- 60 心之房　/303
- 61 思想　/304
- 62 若思想　/307
- 63 与春天重逢　/309
- 64 泪非泪　/310
- 65 思绪　/311
- 66 最享　/313
- 67 起笔落笔之间　/316
- 68 地球离开谁都转　/318
- 69 父亲心　/319
- 70 世上事未必都如你所想　/321
- 71 漫步君心　/323
- 72 极简每一天　/324
- 73 许·还　/326
- 74 牧心·炼人的咳嗽花　/329
- 75 举杯之后　/332
- 76 似水流年　/334
- 77 有过多少难过都别跟自己过不去　/336
- 78 转段轻语　/338
- 79 学会安慰自己　/340
- 80 新的一年，愿平凡的我们所欲随心　/342
- 81 凡是美好，都在发现和行动　/344

淳之愈

- 1 勿拂女儿心　/354
- 2 说不出那个"谢"字　/356
- 3 孩子，知恩是你懂得敬畏　/360
- 4 离不了的辣酱　/363

⑤ 嗨，你在 /366
⑥ 蒸饭那些日子 /372
⑦ 借钱记忆 /379
⑧ 威坪女人 /383
⑨ 鸡蛋和大豆，硬通货二十年 /389
⑩ 让心静下来 /392
⑪ 今晚，我会吃个月饼 /397
⑫ 威坪三宝 /401
⑬ 排岭记忆：珍馐三弄 /406
⑭ 流动的年夜饭 /410
⑮ 你有多幸福，其实自己并不知道 /415
⑯ 人生中有多少个第一次的记忆，幸福感就有多强 /422
⑰ 感受时间 /425
⑱ 回家 /430
⑲ 父亲结 /436
⑳ 生活是一首诗，生命就是一首歌 /443
㉑【个人新年献词】放飞心绪，只为来年 /447
　　后记　乡是乡的乡 /451

乡之旅

作于2023.7.29

❶ 老不回家,家会成老家

老不回家,家会成老家
老不回家的人见到老家人
会不会让你忽然有些想家
听到乡音对家原来很牵挂

一个连家乡都不爱的人
很难想象会真情地爱国
国是最大家家是最小国
家国相连最是情怀之深

你家是在老家的哪个镇
我老家淳安威坪镇安川村
交通现在方便你离我不远
老家人相见这么答这么问

你是不是时不时牵挂老家
关注着这些年老家的变化
老家和北京通了始发高铁
自豪温暖着想家的情结

你若老回家,老家还是家
老回家的人,可以少想家
在他乡想家也是一种幸福
回不去时就写写牵肠挂肚

愿你出去走走生归来仍是少年

二〇一二年十二月四日

若戌书

作于2022.2.8
修改于2023.12

❷ 一年等一回

一年等一回，归盼，盼归
一年春一回，立春，春归
吃年饭咯，只等那一声熟悉的呼唤
换新衣服新鞋新袜子啦，幸福好简单

那一桌的菜，满屋飘香
围一桌的亲，近在守望
风调又雨顺，汗水换得好收成
辛劳和付出，只为儿女长大成人

那一桌的菜，一年等一回
鞭炮接春来，一年等一回
盼风调雨顺，今年的收成比去年好
孩子都长大了，寻常人家习惯了勤劳

一年等一回，归盼，盼归
一年春一回，立春，春归
做年饭的人不见了，留下那声呼唤
记得年的期盼，最是一年一次的团圆

归盼，盼归，想归又怕归
接春，春回，怕回还想回
一年等一回，盼归也很美
一年春一回，春归心思归

作于2017.7.16
修改于2023.12

❸ 故　乡

故乡是一瓶辣酱
有时是一包冻米糖
故乡有时是一袋石笋干
有时是妹妹快递来的腌菜管

故乡是柴叶豆腐的一份念想
有时是油豆腐炖肉的香
故乡是带来的火腿
有时是明前的茶

故乡是威坪三宝
辣酱腌菜管苞芦馃
有时是排岭的珍馐三弄
有机鱼头笋干煲和清水湖虾

故乡是一句乡音
有时是童年的相近
故乡是过节有菜包子盼
有时是有新袜子过年的心愿

故乡是门前小溪流动的清澈
有时是泉边痛饮的快乐
故乡是暖流在心间
有时是感动无言

故乡是他乡相逢
有时是共同的亲朋
故乡是别人问老家哪儿
你回答千岛湖时自豪到了萌

故乡是走过太多次的一段路
有时是那段路上的梦想
故乡是曾徒步赶船
如今公路通村村

故乡是既远又近的乡思乡望
故土故人故事此生难忘
那既近又远的地方
触不到时叫梦乡

故乡是一份初心
初心是奋发的背景
故乡可是你生命的底色
很多年成了前行方向的引领

故乡是国之缩影
爱故乡才会真爱国
听到故乡有一点点变化
你会很幸福幸福到滋养生命

故乡是一份牵挂
乡情传递生生不息
那个想起就温暖的地方
她的名字就叫亲疼亲缘亲享

作于2017.4.8
修改于2023.12

❹ 千岛湖之歌

我的老家有个湖
弯弯秀水漫过山麓
碧绿是清泉汇聚的颜色
彩带是环绕着湖畔的公路

我的老家有一千多个小岛
守望山色湖光不见苍老
原本的小山探出脑袋
此身献给一份妖娆

因岛因湖叫千岛湖
名字源于新安江水库
建水库两座城池沉水底
29万人背井离乡拜别故土

叫千岛湖的地方又叫淳安
到过才知绿色是生态园
鱼头笋干煲清水河虾
眼福口福你可怕馋

我的老家梦里常回
山之清水之秀湖之美
想体味本色纯净的朋友
去吧去吧不去你可能后悔

愿意说那湖水是一泓心泉
连着乡亲连着淳安血缘
不会忘记自己是淳安人
无论今生会走多远

作于2019.1.5
修改于2023.12

❺ 我们坐高铁回来了

风声乐声和着心声
夜语晨语问安思乡人
一年一度并非乡思的单位
忽然油然猛然的感念莫要伤悲

问票抢票归心是票
一程乡思攒一张车票
从没有现在这样家国相连
无须中转的乡思传递一份甘甜

回家吗不止是相问
回家的方式已不必问
太多年游子难忘归途辗转
一年一年盼着回家的旅途缩短

一月五日并非节日
我们内心却如歌如诗
谁来说这乡愁攒了多少年
这一次甜甜地化开交互在心田

淳安离首都远不远
远到总把过年过节盼
归乡的人都有回家的故事
这次我们坐首发高铁午发夕至

不是过节胜似过节
千岛湖至北京通高铁
北京至千岛湖有了复兴号
首发车抒发高铁梦实现的美好

吃了太多交通的苦
经历太多出门的苦楚
这一次融入长三角城市群
这一泓心泉尽显水秀山清之韵

从水路到青石古道
从县道省道再到国道
从高铁梦到具有始发功能
对淳安连通内外的高铁太重要

我们坐高铁回来了
游子的我们准备好了
从此后牵挂不会再辛苦
为淳安发展助力是我们的幸福

注：2019年1月5日北京至千岛湖高铁首发。

作于2022.1.16

❻ 我从安川来

我站在风之涯听云讲着依恋
情怀装着旅程时光变又未变
放马于心思外山水与我同在
岁月为我期待看心潮做派

为梦而远行道别山水安川
那山那水却时时在心里陪伴
我思故我在不想情怀太孤独
每当夜深人静就让牵挂问安

梦从山坞安川来撩动了情怀
写满思念念那小溪痴心不改
我从安川来感念作手记素材
难改此生本色山水系感怀

云飘飘动在山的郁郁葱葱
水清清澈着岁月的从从容容
何须搜形容词这山水即画风
就算昨夜梦里醒来情绕心中

注：安川，浙江省淳安县威坪镇的一个小山村，作者出生的地方。

回不去而姑方叫故乡

汪政書
二〇二二年三月

作于2023.7.10

❼ 想与不想

已告诉过自己不再想了
却如空气又如呼吸
不知不觉有意无意
感念又把放下的想念惹

写过，想是心里的彼此
念，是当下在心中
问一声，彼此心中
谁要更多些，思兹在兹

想与不想不用再想
才叫念想
谁可以把这道理讲
唯独自想

没人教我们如何面对最亲的人离去
唯有学会面对，疗愈中安抚思绪
没人教过你如何面对在意的人离开
慢慢地懂得，离别已融化在情怀

想在时间和空间
谁比谁会多一点
时间能否变空间
何时起想已成念

当想成遐想,是心在想
想已成遥望,心飞心乡
想与不想已经不用再想
念想的想是天各一方想

曾告诉过自己不再想了
感念别把放下的想念惹
写过,想是心里的彼此
谁想谁多点,念兹见兹

想与不想,不用再想
见和不见,放下再见
凡是想念,都在人间
若可再见,皆于世间

作于2023.12.4

❽ 乡思俊

我有点不平凡
平凡的我曾想过得不平凡
我不曾想心伤
手记因共情有时引人感伤

乡是乡的乡
愁是愁的愁
不想惹乡思　为何总要思乡
乡愁不是愁　为何抒怀乡愁

原乡即家乡　家乡何成故乡
不愿乡思惹　惹乡思愁模样
　　风抚泪　泪拂风
　　莫感伤　别感伤

你听分明是愁啊却吟不够
漫游的是乡愁
话风解中国画
明明你在想家却装得潇洒

平是平凡的平
凡是平凡的凡
乡思俊乡思情
乡愁哪有清单

作于2023.2.27

❾ 他乡的你

那年你回到家乡
我站在你的身旁
看着你微笑模样
几分熟悉又感伤

分明盼你回故乡
只为站在你身旁
听你说乡亲善良
也看你是否变样

曾梦想去有你的他乡
想看看你追梦的地方
又担心你的工作太忙
揉揉眼还站在小溪旁

又到花开春暖的季节
记不记得挖小菜细节
你总是夸我比你会挖
挖半天你只有一小把

如今挖山上的小菜
常是城里人周末的安排
若你没去遥远他乡
还会不会跟我去挖小菜

我只是没事一个人想想
这些年你过得怎样
你应该没改勤奋的习惯
我还是干活的模样

注：小菜，浙江淳安方言，野生小葱。

作于2018.7.3
修改于2023.12

❿ 千岛湖畔

曾在你的怀里奔跑
曾拥享你静静的怀抱
这里清风徐徐涵养初心
这里四季分明，哪一季都水秀山清

如今在你身旁徜徉
你从不责怪我的梦想
你这么温馨我却离开你
多少年之后归来，你已美得更年轻

朋友，想不想到我的故乡去看一看
我陪你漫步在千岛湖畔
柔软你的不止是风景
灿烂有时是份宁静

在湖畔的霞光里，在秀水的纯粹里
心湖交融着自然的美丽
来过一次想不想再来
看你对美在不在意

作于2024.1.9

⑪ 情义之河

一杯酒自心头举起　将人生的故事润色
在彼此故事里走过　都不想把感伤惹
谁的故事更像诗　谁的远方会更远
难察觉的一声哽咽　是幸福弥漫

一杯茶在寒夜里示意　将那些从前温暖
所有曾经都只是曾经　经过已成简单
你讲那些辉煌　是说如何穿越迷惘
我懂了　最难时是情义帮你过河

一首歌在相聚时唱起　是你把时光写意
谁在谁岁月里陪伴　都是最暖的情义
围在老去的父母身旁　是又在一起
天那么蓝　你笑着讲最难的创意

一顿饭无意间有意　故乡味道就在心里
乡愁不是愁　泪落原来是感动在心底
一杯酒一杯茶　编导一首歌一顿饭
我又要到远方　一声祝福表祝愿

作于2024.1.3

⑫ 遇　　见

人生本是一场相遇
遇到晨曦中银发锻炼的自律
人生随处都能相遇最美的场景
常见到手拉手过斑马线上学的身影

人生讲述美丽相遇
遇对的人做对的事不负相聚
人生教会了每个人且行且珍惜
所有温情都发自内心却是前行动力

遇到风遇到雨你习惯了就不会迷惘
风雨洗礼让每个人都会变坚强
见过是经历经历才是真遇见
笃定旅途走千万遍

遇是遇到的遇到是遇到的到莫颠倒
遇已见见即遇遇见抒写了美妙
世间遇见你我他还遇见自己
遇见你便不负遇到

作于2023.12.21

⑬ 风里归途

你听那人间烟火点亮世间
你看那理想之光投射每一天
多少人多长旅途编织梦想故事
得到又失去失落又拾落讲述着得失
咫尺天涯海角天涯浪迹了天涯的真实

修炼不会放开却又必须放下那心绪愁
训练真功为颠倒才下眉头又上心头
练习走过的路上汗流释然泪流
炼就得不问归期只设问期许
风里的归途原来穿过心头

你听到吗是你在呼唤自己
你看那走过好长旅程的自己
原来还是那个叫了太久的名字
素描酸甜苦辣和曾有过走过的惆怅
你告诉风耳语归途的原来是诗和远方

写几段手记或几句疑似歌词当故事吧
你神奇发现串起故事的是秋冬春夏
原来啊思绪是我们此生的行囊
心情建构一程续一程的芳华
不要问梦里见到的那人呐

作于2023.8.5

⑭ 生命里没谁可以把你代替

多久了　没回去看你
我心里　却时不时想到你
忆从前　那样的清新
莫怪我　为追梦离开了你

天热了　想起了把山泉当冷饮
寒冬时　记得火炉边温暖共情
春天里　满眼的花开漫山浪漫
秋天时　你用丰收画像了风景

好多年了　没能更久地依偎你
南北西东　虽然看过很多风景
还是觉得　再美的景也不如你
那条小溪　清澈流淌在我梦里

没多久　刚去看过你
小溪边　拾落追梦的意义
像从前　心旷又神怡
我只是　舀泉水喝过了瘾

在我的生命里　你如同我呼吸
就算太久没回　已烙印在记忆
南北西东　虽然看过很多风景
依然难变　没谁可以把你代替

作于2018.1.14

❶❺ 有情比无情多

天涯一云帘
海角两相念
花落待花开，记录是时光蹁跹
春去又春回，书写着故事万千

错对由人说
苦乐亦洒脱
敬畏是知渺小，自在才是生活
人贵自知之明，有情比无情多

正道是沧桑
简单又何妨
最是亲疼的柔，融了乡思感伤
挂牵不在嘴上，相伴已是天堂

豪情寄温婉
感念可心暖
你好我好，我们都好才不心酸
说说笑笑，几度春秋几多温软

作于2020.4.15

⑯ 真心不易

放一曲,沧海一声笑
哼一句时光好,江湖笑傲
行亦难难亦行,可是真品行
所有的磨难融化,皆因汗水沉浸

歌一阕,词中写岁月
追梦人的旅程,印在感觉
且难且行难行亦行,炼真心
前行旅途的不易,就在斩棘披荆

其修远兮路漫漫,追梦人莫言难
走过经过不容易,方显灿烂
相爱容易相守难,当同理
一生守梦,是爱到底

所有的磨难融化,皆因汗水沉浸
且难且行难行亦行,炼真心
相爱容易相守难,当同理
莫豪横,毅行才豪气

作于2023.5.25
修改于2023.12

⑰ 轮回四季地写你

因你，我好像用完了全部的词汇沉淀
轮回四季地在写你，只为了一份思念
有过的每一次重逢，哪怕短暂一两天
我都会想象，你是否如我般期待再见

想起、放下，放下、想起
我仿佛明白起落皆是情意
纠结、心结，郁结、情结
结果是结的果以思念终结

那份思念何以化开又积聚
这情思才抒怀怎么又记叙
很想用世间最美修辞写意
结果我在文字苍白里睡去

熟悉的情丝，为何你每次涌起还温暖
远方的故乡，何以像爱人般深情款款
因你，我好像不怕用完一生词汇沉淀
轮回四季地写你，像在说再见为再见

作于2019.8.21
修改于2023.12

⑱ 炒　面

味道无声，却燃了回忆
回忆里哑巴嘴人称回肠荡气
气势间苞芦馃批腐乳转眼就下去五六个
个中滋味是威坪山村长大孩子的难忘记

记得不，炒面的那个香
香啊香香到梦里又到虹桥头
头一次去接坐船到码头又到安川的同学
同学说至今记得吃你妈妈辣椒炒面的感觉

感觉辣椒炒面的热忱
热忱到肚子里那个火辣辣啊
辣啊辣被辣坏了的同学你是不是会见怪
怪用辣椒炒面招待，可那是贫穷母亲的热忱

热忱炒面的人已不在
在那样一个条件艰苦的年代
代表待人的热忱的辣椒如威坪人的性格
性格倔强，生活再苦也不失希望如今叫情怀

\乡\之\旅\

作于2017.6.11

⑲ 写封信到安川

曾是那么盼假期
暑假趟水在门口小溪
寒假在火炉上烘苞芦馃吃
上大学后的假期不再被催干活下地

如今看见拉杆箱
学生三五成群回家乡
会想起坐五十个小时火车
穿过七八个省回那个叫安川的地方

回不去学生时代
却想回那个地方待待
用碗喝泉水吃泉水做的饭
感受清晨的家家炊烟升起乡情漫怀

如今想回咋怕回
小鱼还在小溪里自在
安川可是常梦到那个安川
孩子回家时忙着去剁菜的人今安在

假期少怎是原因
没了制造惊喜的开心
不打招呼回去的幸福何在
写封信到安川,收信的人写谁的名

作于2019.6.8
修改于2023.12

❷⓿ 愿你就是威坪

算算你有多久没回威坪了
曾经的码头赶船是否还记得
如今新修的跨湖大桥早通车了
杭黄高速通威坪都已经好几年了

记不记得那长长的船笛声
像外面的世界召唤着威坪人
从村里走到码头差不多三十里
满头大汗挤上船只是为了到县城

威坪每个村都是山环绕山
曾经的出门有着特殊的蕴涵
赶船的人大多是去城里赶生活
到外面读书或外出打工太不简单

难也不说难再苦也不言苦
代代威坪人以勤劳创造幸福
耿直常常标识威坪男人的基因
威坪女人不输惠安女子贤惠吃苦

后来环湖公路替代了轮船
联通外面世界已不再那么难
向梦想出发不用天不亮去赶船
求学回来打工回家归途变得简单

你是否到威坪看过山和水
威坪人做事认真到了几分倔
他们总提及辣酱腌菜管苞芦馃
鲜明性格让水墨威坪更令人沉醉

想想你多久没有回威坪了
愿你就是威坪你是否更快乐
无论离家多远多久没有回家乡
你就是威坪威坪就是你你说怎样

水墨威坪

作于2017.4.11

㉑ 四　月

人说四月是婉约在时空流连
我说四月是满城轻盈拂面
一树一树的花开为哪般
希望就在空气里蔓延

喜欢花的人炽热内心想含蓄
怜草的人奔放心灵却寡语
盛开的花下好多人留影
飞絮间可持快乐心绪

四月是美的自然时光
身和心都变得可以轻装
花轻语人欢笑鸟儿在嬉闹
整理了感伤的我们已经出发

软的风细润的雨温柔的暖阳
喜欢天亮的早白昼的变长
感念不惆怅简单是情怀
人间的四月最是天堂

人间春已了

草木歇芳菲

作于2017.4.2

㉒ 清明之歌

都说清明是感伤的节气
我说清明因感念更富生机
远去的人与春色的盎然同在
扫墓的我们扫墓本身是生生不息

清明时节雨纷纷路上行人欲断魂
我说纷纷雨是万物之灵享泽润
油菜花的绽放和新茶的芳香
告知故人安好是春光的温

何尝不可以说清明亦柔美
明明我们都沐浴在清新明媚
感念中拭去心伤清新我们的心
怀缅故人的点滴不应是为了落泪

尝尝明前茶吃个清明粿君心可醉
献一束鲜花洒一杯酒就当碰杯
是否忘了故人以前的最喜欢
感念是天堂连人间的花蕊

作于2019.4.3
修改于2023.12

㉓ 在四月里感念

每年的四月都是老家的采茶季
每年的四月也是故乡的油菜花季
每年的四月还是有仪式感的感念季
每年的四月又是拭去了心伤再出发季

四月里我们享受着放下当放下的节气
放下不是忘记是感念焕发盎然生机
漫眼的春色无需美颜随处绿油油
望得见山看得见的水释了乡愁

我曾经写过清明亦芬芳的诗句
还有那一首不为悲伤的清明之歌
其实整理思念是让再出发更暖思绪
最美季节最好时光你没有理由不快乐

今年四月又收到了老家快递来的新茶
今年四月还收到了老家寄来的青稞
今年四月在朋友圈看到了油菜花
今年四月可想母亲做的清明馃

作于2023.3.25

㉔ 本　乡

这次我又回到了家乡
我们站在彼此的身旁
你不是又是从前模样
华发着的我轻掸感伤

想回怕回怕回还回
家乡故乡都是本乡
一杯故酒抚了伤悲
一杯新茶柔在心上

浓浓的春意做了心笺
丝丝的春雨润在心间
这次没吃到柴叶豆腐
遗憾算不算一种幸福

你从杭城辛苦赶来一叙
你做了安川菜满满一桌
你带珍藏十年的酒小酌
你陪我去和老朋友一聚

这次小溪的水少了
心头乡情却溢满着
这一次又要道再见
一声走了重启挂念

谢谢你一锅春笋释乡愁
一杯新茶把游子心思留
你说想回就回怕回也回
我说一湖秀水抚了离愁

作于2021.7.3

㉕ 湖畔看日出的姑娘

这世上不会有两个湖完全一样
就像湖畔看日出的姑娘不一样的漂亮
那些岛上的故事里哪些是传说
那些关于岛的传说哪些是美丽的允诺

在湖畔看日出的姑娘一个比一个漂亮
湖光把姑娘的美衬托得不一样
映入眼帘的绿水青山美丽在层层叠叠
美丽允诺的兑现只为山水情结

姑娘你是否体验过湖畔看日出
如果没有这样的经历你可以来千岛湖
和山顶或海边的感觉会不一样
柔情的人会更浪漫美丽的你会更漂亮

来吧姑娘湖畔看了日出湖上再看月亮
湖光映美的声音山色照你的靓
和山顶或海边看日出的感觉会不一样
手机里看看自拍是不是更漂亮

作于2020.3.25
修改于2023.12

㉖ 给想象留白

阳春三月霞光漫照
缤纷四月清明将到
水清清天蓝蓝分外妖娆
春风十里是你不是说道
问老家今年新茶怎么样
看采茶姑娘视频便知道

朋友圈中我无意中看到
你还是你只是过得更好
抖音中谁的舞步好轻盈
谁在湖畔自拍这般清新
远处传来歌声曼妙
故乡风景如此姣好

千岛湖茶你可知道
千岛龙井来杯可好
春天的乡愁原来好清香
漫山的芬芳游子心头绕
看一对新人正拍婚纱照
人影成双旁白生活的好

那一份柴叶豆腐等你来
那一道鱼头是不是好菜
还有春笋豆腐煲端上来
故乡会用真挚把你招待
　去吧给你想象留白
　来吧到我的故乡来

几湾清茗书润
凡山自神怡

彦武书

作于2017.4.2

㉗ 千岛湖之春

袅袅鲜香拂面
缕缕清香扑面
丝丝柔情抚面
柔柔温情漫面

袅袅是春笋把鲜香献给了世间
缕缕是春茶把清香沏给了人间
丝丝是春雨把柔情飘落在凡间
柔柔是春光把温情洒落在心间

春风十里因你
十里春风为你
春天绽放春意
情意无需刻意

会去的一锅春笋你为我炖上吧
湖景里一杯春茶你帮我沏好吧
好吧春雨的温情会滋润你心田
来吧听春光说醉美人间四月天

让春意做心笺
我陪你轻轻荡漾在千岛湖湖面
让心意暖心间
山水淳安不知不觉会让你流连

作于2018.7.2
修改于2023.12

㉘ 淳　安

远方有个离心最近的地方
亲切涌动，每次在那儿徜徉
湖风拂面，总像轻抚心思的温
风掠过湖面，漾起那份质朴叫淳

远方有一泓穿越蓝色的蓝
迷得白云愿意辉映她的灿烂
多少牺牲和付出换来美的从容
青山和绿水，谁也离不开谁叫安

淳安，蕴涵美之静丽之动的地方
来过的可以再来没去过的莫慌
拂面湖风什么时候都会等你
快乐的你爱美的你先想象

作于2020.2.3

㉙ 望 溪 水

轻风抚花蕾　霞光催人归
雨润乡音违　谁品春滋味
那年溪声脆　春暖心儿飞
挥手别伤悲　悄悄君拭泪

　　一行字写昨夜的归
　　一行泪醒来拭伤悲
　　几时回咱把鱼儿追
　　开心是那一泓泉水

故乡望啊望　望穿那溪水
清澈着清澈　鱼儿嬉戏美
童谣唱又唱　心里几曲回
故人何时见　你我一同醉

作于2021.9.25
修改于2023.12

㉚ 这世界有那么多动人的故事

这世界有那么多动人的故事
故事听过读过才渐懂远方和诗
诗总和远方相偎长大了变得有所谓
所谓故事是不是讲述生活本来的样子

生活本来的样子你是不是早已忘记了
忘记了也不要紧等想起时再写下吧
写下吧手指间划过的秋冬春夏
春夏秋冬最懂得时光的快乐

快乐的日子唱一首从前的歌
歌一曲不觉泪落是不是乡思惹
惹你想起故事里的人和事或成乡愁
愁更愁原来太多没忘只是好久没回了

回了那个心里牵挂的地方谁还在等我
我站在从前待的地方想有过的期许
许诺励志又美好把自己感动着
感动着这些年原来依然记得

记得吗第一次坐火车的忐忑
忐忑得自己把那张半票弄丢了
丢了票急得找车长给补了一张半票
半票是远去的青春时代记忆里的美好

好好的是你是我努力着的目标好不好
好人一生平安书写岁月之歌的美妙
美妙时光见证出走半生又归来
归来还是不是那个少年情怀

作于2020.2.16
修改于2023.12

㉛ 中年行（四首）

淳乡清泉饮廿年，千岛游子印心田。
约定君归举碗酣，相叙砍柴走山涧。

啤酒三碗谁脸红，何如年少真从容。
晨曦曚昽借月光，一担柴火论英雄。

身出贫寒早当家，学身手艺敢称侠。
少年志做识字郎，当记苦读油灯下。

莫问远方有多远，活成大人的喜欢。
孤独时写了心思，不尽牵挂唯平安。

作于2021.6.30
修改于2023.12

㉜ 时光自己不会悲催

用一句平淡话开头
如寻常心乃你我相守
谁在谁的行间字里
新起一段当一次回眸

上一句和下一句押韵
如世间彼此的牵手
梅骨兰风赞清风荷韵
谁比谁更懂得温柔

诗和远方谁更无愁
哼一句路漫漫作感受
回首未必一定蓦然
感念比那思念要温暖

岁月从来不曾偏爱谁
时光自己不会悲催
世间无释怀不了的愁
凡事不必总皱眉头

作于2023.1.16
修改于2023.12

㉝ 原来乡情这么暖

一顿饭，牵挂了一辈子
最亲最无需客气的人在一起
原来是自己在意的样子
一年的盼望注解年饭的意义

一句话，原来可以暖游子心
多少维生素也不如亲切的乡音
你讲着共同的故人现在怎么样
如今一定活出了自己喜欢的样

一顿家乡饭，最忆是那些小吃
一起相忆故人，还是从前的样子
一种故土的习俗，原来是一生牵挂
乡聚酣畅时的叨扰，是夜深时的电话

乡情是什么呢，原来是生命的背景光
谁有难邻里搭把手，寻常充满阳光
谁家有事，邻居帮看看门好简单
谁家有了好吃的，互相把门串

那顿饭,想象着的样子
最亲最近最暖的人围炉夜话
所有的辛苦被相聚的甜融化
期盼里一起编织来年的故事

老家话没忘是因为初心的重
乡情乡愁是不是以孪生释相融
那份情愫里的风土人情便是期盼
是不是想说,乡情啊原来这么暖

作于2017.3.2
修改于2023.12

㉞ 阳光入心门

阳光入心门
抚慰晨行的人
灿烂是前行的明媚
昨日逝去和今日拥有一样地温

知天命非时光老去是知要什么
要或不要都不是错
好的沉淀于心
放下亦无过

活得不心碎
简单最不是累
平淡与寻常已美好
知自己渺小知生命脆弱是敬畏

不止默认我就来自那个小山村
远行曾羡煞许多人
经繁华已幸运
快乐是福分

作于2021.12.15
修改于2023.12

㉟ 没特别本事的人

 我是你见过的没啥特别本事的人
不会有饭圈也不会有人对我的话议论
写过的几本书算不上平凡人生的脚本
我的朋友很多跟我一样享受寻常人生

 那年夏天我离开了有小溪的山村
那时候还没有如今的公路通村村
母亲挑着米陪我徒步去码头赶船
去县城读书的我为离开小村安川

 我是你想不到的其实特别笨的人
我是个这么多年习惯了每天早起的人
只是记住了早起的鸟儿有虫吃的道理
习惯出早工让我成了时间上富有的人

 让我敬一杯凉白开为走过的时光
敬光阴见证实现当居民户的梦想
敬岁月陪我经历日子越来越幸福
生活不止眼前苟且还有诗和远方

 我就是你见过的那个没特别本事的人
我是你包涵着的其实特别笨的那个人
辛劳的父亲勤劳的母亲一生本本分分
我来自本分农家从不敢忘农家的本分

作于2020.5.8
修改于2023.12

㊱ 不枉此生

不枉此生，因为有你陪伴
有你陪伴的日子阳光灿烂
灿烂人生每个季节都景色宜人
人在旅途平平安安心里不孤单

不凡今生，因为慢慢懂你
你说积极的人生相互激励
激励着珍惜每一个日子的平凡
平凡人生感受因努力而不平凡

不虚此生，感觉着远方是多远
远方的岁月心有牵挂便不孤单
不孤单的每天已自带祝愿
愿你因我的牵挂心更温暖

不枉今生，纵使我已出走半生
半生归来仍带着年少时的纯真
真心平凡的我讲我的故事
我的故事从远行那天开始

不枉此生，不凡余生
余生不虚，此生不枉
不枉有生之年有诗和远方
远方有你陪伴温暖着此生

作于2022.1.28
修改于2023.12

㊲ 一方水土养一方人

你归来的时候阳光变温暖了
熟悉的味道从记忆深处冒出了
小鱼儿排成一字在小溪中游弋着
蜜蜂围着黄花好像在菜地里嬉闹着

离别太久又仿佛不曾离开过
那关于小溪的梦做的次数太多
还有泉水的故事多得常常被记错
归来即离别离开又回来延续了烟火

心和故土不曾分离
男儿心和小溪相依
一方水土养一方人
这种情愫或叫情深

难舍的情感叫难离
一生相伴才是相依
忘不掉那熟悉味道
炊烟又升起在梦里

作于2019.11.6

㊳ 北京的秋

北京的秋很短
却是漫眼尽在朋友圈
老舍说北京之秋便是天堂
那满地金黄的银杏树叶给大地铺了一层松软

北京的秋不长
人们用金色刷着希望
郁达夫心中北方秋意更浓
愿用寿命的三分之二换留跟南方的秋的不同

我说秋的北京
会意间飘落秋意分明
色彩斑斓不是用情在点缀
而像一块调色板把偌大四九城调得随处是景

来看过红叶没
那是漫山遍野的惊艳
更是烙印于心绝美的回味
别后悔啊深秋若在北京一定要拍几张好照片

作于2020.4.23
修改于2023.12

㊴ 苦乐心定

几多悲喜心，一卷苦乐行
淡映眉宇，落笔于情
更新旅程，当是更入佳境
些许感悟，苦乐心定

隔代人的传记，是后辈人说故事
所有人设，都是作者希望的样子
几念成佛，问时光时光秘而不宣
今次点赞，可是攒了来世的渊源

江湖的传说，看谁在诉说
几度风雨，几多妙趣
简单描述，疑更牵肠挂肚
谁如传说，你先别说

回望不是回首，最是那感念的柔
你可是那人，故事里传说的那个
此念想，藏在了心头疑解相思愁
一阕如梦令，想填的词须载快乐

作于2020.3.13
修改于2023.12

④ 山水故乡

从不用刻意去想起
山从来就与水相依
水一直是山的相偎
故乡是山水的记忆

炊烟唤醒山的矇眬
夕阳映在清澈水中
生生世世不弃不离
相望彼此从不匆匆

无论写过多少手记
写不完对你的记忆
不论看过多少美景
山水故乡此生情系

故乡山相伴故乡水
谁都不会离开了谁
轮回四季滋养深情
斗转星移抒写温馨

作于2019.12.22

㊶ 冬　　至

又到冬至上坟的日子
依旧是远方游子未归时
想想故去的亲人一定不会介意
心里时常的感念是对故人的最在意

习俗里上坟是为故去的人修修坟
其实也是修炼活着的人的灵魂
跟故人说话也是跟自己对话
清新灵魂让前行路更本真

不必过于遗憾自己曾经的没做好
故去的人愿意活着的人过得好
做好当下的自己才是真的好
过好了才不辜负故人的好

遥遥的我的心去上坟
念旧时光里故人的亲疼
上坟路上走一遍生命缘的聚散
两个世界交集是心思穿越万水千山

作于2021.2.3

㊷ 别　　过

一种感觉涌起总是伴着一种感触掠过
过不去的日子好像从来没有出现过
过去和未来只是隔着了一个今天
今天的含义是把当下珍惜着过

过去的过去就让它远去这没错
错过的人错过的事就当时光交错
错过的岁月只是为了未来更有感觉
感觉错了应该是一种灵魂的自我容错

错错错错错错错错错错错错错错错错
错就错在很多时候让自己的心漂泊
泊在心安放的角落心灵才没失落
落过的雨落下的尘让人懂拾落

拾落灵魂拾落记忆算不算洒脱
洒脱是和昨天拥抱过和感伤别过
过去且过去远去的远去每天好好过
过往中淬炼向往挥手旧时光就此别过

作于2021.6.5

㊸ 愿中愿

唯愿山河无恙
无恙山河带给人间吉祥
唯愿万物可期
可期万物让世人皆如意

我以感念作香
祝愿幸福是人间的天堂
奋发最是华章
勤勉的人以芳华着文章

心情作诗远方就没多远
梦里又回安川
你听稻花香里一片蛙声
溪声淌着过门

快乐叫时光幸福叫岁月
美是最好感觉
昨夜梦里听见布谷鸟声
花香问候树高

作于2021.12.13
修改于2023.12

㊹ 兜　　转

有人说人的一生只为了画一个圆
从起点出发时希望走得足够远
远到够得着梦想才不枉远行
终点后发现初心一直相伴
终点后就想回起点看看

人生的旅程原来是一次心灵兜转
走过筑梦又追梦的一程又一程
就是不希望梦想被岁月隔断
就算经过的旅程遇到艰难
也不愿辜负逐梦的认真

转转兜兜循环兜兜转转
向着目标的旅途坷坷坎坎
有一种安慰原来就叫幸福感
收获成长和成熟平凡也不平凡
过尽千帆只为让你懂人生路漫漫

纷纷繁繁拷问简简单单
你问谁是命运离不开的伴
你说会不会很难有标准答案
不同起点和终点能否殊途同归
兜转的是幸福还是人生简单依然

作于2022.11.16
修改于2023.12

㊺ 悲喜心扉暖

谁把谁带到这个世界
这个世界便暖成了情结
结果谁走进谁的世界都莫后悔
后悔没珍惜命运最好的安排对不对

对的对的有时彼此的最懂却是无言
言不由衷不想说透人生的甘甜
甘甜自品借了明月抒怀
抒怀难替代心心念念

念兹在兹谁可绕开谁
谁不且行且珍惜融伤悲
悲喜交集是颂歌人生的不完美
美丽人生原来是你一直在我的心扉

扉页讲述我们到哪儿去又从哪里来
来吧想爱就爱爱拼敢拼叫情怀
情怀未必一定要高大上
上次说过前行最疗伤

作于2020.5.17
修改于2023.12

㊻ 流淌的心思总漾起你的样子

时常感觉自己写的文字太苍白
苍白得想写却总是写不出情怀
怀揣感念但我不想让感念流浪
浪迹天涯也掩不住对你的念想

想曾经依偎你的时光
时光里你听我的梦想
想你的安静你的陪伴
陪伴温暖了我的孤单

孤单的人其实不孤单
孤单时想你心就温暖
温暖的村头把你回望
望着小溪你静静流淌

流淌的心思里总会漾起你的样子
你的样子不用我遣词造句已是诗
诗和远方的相伴原来是你陪伴我
我牵挂的小溪你让我想你一次次

作于2021.10.24

㊼ 守望秋阳

清晨有点冷,霜降了
白天的阳光,依旧温暖在身上
天亮得晚了,白天比夏天短了
晚上多穿点,降温了

洒落的时光,金灿灿
人们期待的红叶,心头的喜欢
大家都说北京的秋,其实不长
记下的,是秋高气爽

心守望,秋阳入诗行
有爱的人,称秋天为金色时光
心被感动,幸福已让时光醉了
故乡冷了吗,低头想

一辈子很长,也很短
说长时,一定是懂得彼此守望
说很短,那是忙得顾不上回望
天长地久,彼此祝愿

作于2022.2.11
修改于2023.12

㊽ 人 外 城

小时候听人说过天外有天人外有人
长大了越来越理解村外有村城外有城
天外天人外人村外村城外城谁更非凡
天人合一人外城城中村感受世间温暖

曾几何时人们都向往都市生活光景
什么时候又开始慢慢喜欢乡村的宁静
快节奏慢节奏快生活慢生活谁更惬意
绿水青山成越来越多人要找回的记忆

知天外有天才知世界之大
明白人外有人才明白自己渺小
村外有村是理解人生有太多美丽风景
城外有城是一个人见世面中懂得修心

世界之大是大在天外有天
人外有人是人要在敬畏中修炼
快节奏慢节奏快生活慢生活各自惬意
村外有村城外有城共美着世界的美丽

作于2020.4.12

㊾ 阳 光 城

　　太阳冉冉升，阳光暖了身
　　那是你的身影，相随你前行
　太阳对光的深情，如同雨和水的真心
　无数颗心的真诚，筑起了一座阳光城

　　　　嘿，冬天结束了吗
　　　　嘿，春天开启了吗
　　　　嘿，夏天在等候吗
　　　　嘿，秋天招手了吗

　　阳光城里人，幸福得认真
　　心旷又神怡，春风十里是你
　幸福原来是深情，就像夜为昼的真心
　无论熟悉和陌生，相伴着守望阳光城

　　　　嘿，你是我的太阳
　　　　嘿，阳光暖在身上
　　　　嘿，心里的阳光城
　　　　嘿，我们共同守望

作于2022.2.11
修改于2023.12

㊿ 烟火故乡

有种挂念叫味道
道声小山村故乡好
好奇妙啊梦里总是梦见袅袅炊烟
烟火故乡是柴锅炒的菜常在梦境出现

现在的故乡其实已不像从前那么遥远
遥远的记忆里出趟门太需要辗转
辗转几天过年也回
回熟悉地方站站

站在时光里眺望
眺望已更美的故乡
故乡方言里听故乡事讲述故乡人
人们说回不去的故乡是故乡记忆太深

深深的祝福在回不去的这次一样赤诚
赤诚游子可是故乡烟火里那个你
你出走故乡已半生
半生归来仍是你

作于2020.1.30

51 千岛湖佬

总是想起船上的面
最高级的是肉丝面
有肉丝还有豆腐干
船上来一碗香得冒汗

买肉丝面是单位上人
农村人记得苞芦馃
刷上腐乳那香喷喷
吃完了有力气得多

海瑞的故事谁会讲
对淳安人不是事儿
方腊点将台在哪个方向
威坪佬会热情地指地方

汾口佬姜家佬和大墅佬
临岐佬青溪佬和威坪佬
村里佬羡煞排岭佬
如今都叫千岛湖佬

千岛湖是我们的家
鱼头笋干煲和湖虾
千岛湖的三宝你会赞叹
绿水青山这里名不虚传

这一湖秀水的神奇之韵
29万人背井离乡换来的
什么时候都要记得
什么时候都要感恩

作于2019.1.1

52 我们都是追梦人

我们都是追梦人
这一声的简约透着认真
万象更新人们轻装再出发
逐梦的旅程涵养追梦的坚韧

有梦想就有方向
向着梦想的奋进已荣光
梦想是引领前行者的文化
文化孕育着源源不断的力量

梦想并不在大小
如同特色文化都是符号
每一方水土都有精神标识
原本乡情是田园风光的独好

实现梦想太幸福
追梦的旅途却少有坦途
真心投入才会更靠近梦想
追梦人砥砺前行中不言付出

作于2022.9.13

㊼ 乡 思 曲

江南我故乡
青山绕绿水
一念思远方
再念心思归
谁能教我谱乡思曲
乡思曲中叙

江南我故乡
青山绕绿水
一念思远方
再念心思归
谁能教我谱乡思曲
乡思曲中叙

作于2019.9.11
修改于2023.12

54 月在心上明

又到中秋时
多少人心里已在读诗
那一首著名的《水调歌头》
被人们传唱成但愿人长久

总在中秋夜
人们借月饼表达情结
一句千里共婵娟的绝唱
让世间情意暖了千古情殇

月在心上明
攒一程相思魂牵梦萦
一杯红酒谢太长的牵挂
万语千言融在了月夜无话

秋色远古恒
君心非我心可以有恨
恨豪放派咋也情意绵绵
今夜织一阕心声就当琴声

作于2021.12.8

55 坐高铁去看湖

坐高铁去看湖
那里大若一百零八个西湖
高铁是起始站
一年四季你都可以去看看

从那里去黄山也不远
从那儿到杭州特别近
键入千岛湖或者淳安
就可以买票去游仙境

如果你是春天去看湖
就可以吃到神仙豆腐
你问冬天看湖好不好
好啊还可吃到笋干煲

这里的水有点甜
那一湖秀水源自于弯弯山泉
没跟你说广告语
品着千岛湖龙井会有幸福感

高铁来看千岛湖
人说那是一条黄金旅游线路
这里看绿水青山
秀丽山水之间感受民风纯朴

坐高铁去看湖
你可在湖上吃千岛湖鱼头
想家也是幸福
在美丽他乡攒了你的乡愁

作于2021.3.19

(56) 幸 福 季

悄悄告诉你,每时每刻
我都在拥有你,时光里的快乐
你是懂我的,轮回四季
开心便是幸福季,每季都快乐

静静对你说,真心谢你
你从不苛求我,一定要记得你
可你一直在,不离不弃
在我的呼吸,在我的不经意里

悄悄告诉静静的你,温情是你
我再平凡,你也不势利
无论在哪一季,你都足够耐心
守候着我,温暖的光阴

你伴我生命,一寸光阴一寸金
在晨光里,月光温馨里
拥有你,我便是世上最富的人
你是春夏秋冬,谢谢你

作于2021.3.21

57 淳　歌

何夕今夕矣
月影湖中有
何日今日矣
青山映水秀

晚归早出矣
情怀山水知
少年当户织
耕读传世矣

山水有情情唯山水
根在此乡你要常回
山水有情情系山水
此乡是根昨夜梦回

何夕今夕矣
月影湖中有
何日今日矣
青山映水秀

晚归早出矣
情怀山水知
少年当户织
耕读传世矣

山水有情情唯山水
根在此乡你要常回
山水有情情系山水
此乡是根昨夜梦回

作于2024.1.28

⑤⑧ 孤那个独

　　一个善于思想的人，终是独立的人
独立的人以思考与世界相处，不惧孤独
孤独的人，不拒绝关注又不想太被关注
注意，不惧孤独者行动会比思想更坚忍

　　坚忍者，因为内心的那一份坚定而毅行
行动派，思想付诸行动思考与实践同行
与实践同行的人，一般都不喜欢发牢骚
　　牢骚，有碍健康无济于事更伤自信

　　信不信，有爱不止于爱乃凡间真爱
爱人爱己，有己所不欲勿施于人的情怀
怀揣了敬畏心，会发现世间处处有美好
好人有好报，更多指内心坦然笑迎未来

未来已来，唯独立独特独到能孤那个独
独享清新，纷繁中独奏着快乐尽在旅途
途径多少景致，展卷心怀是那首主题曲
　　曲中人唱明天会更好，最暖的诗句

作于2022.8.21

59 平凡的样子，暖心样子

我们总说自己如何如何平凡
可谁又能够说明白了何为平凡
我们总想平凡中活出一份不平凡
可有多少人真的拥有不平凡的平凡

如果想把生活比喻成一首平凡的诗
你愿不愿意让一日三餐成为诗意
想不想把意境的变化交给四季
平凡生活描摹出平凡的样子

你是否更愿意生命是一首歌
是否想用歌声描绘生命的暖色
当你学会用声音的本真唱这首歌
平凡的样子唱成暖心样子何须润色

平凡的一日三餐经营好了才会成诗
秋冬春夏轮回懂得感受才成歌词
当你学会牵手自己平凡的样子
你的生命就修成了暖心样子

作于2024.2.10

(60) 幸福本就是一幅画

献给平凡的彼此吧
漫天祝福龙行龘龘
快乐慰藉彼此牵挂
幸福本就是一幅画

想念时好好跑步吧
晨跑中好好想念吧
过年是共情一个家
家就是彼此陪伴吧

给彼此钱压压岁吧
挥挥手告别癸卯年
手拉手共拥甲辰年
就不再怕风吹雨打

快乐是阳光作的画
时光一帧帧写芳华
有你便是前程朤朤
幸福记得你说的话

作于2020.5.8

61　给心情一个吻

清新是早晨的微风
微风给心情一个吻
吻安每个新的一天
天天快乐快乐天天

天下雨了滋润时光
时光从来充满希望
希望你希望我无恙
无恙的日子把歌唱

唱给岁月的歌最美
美丽心情可以放飞
放飞梦想放飞思念
思念的人儿心里见

见字如面微风拂面
拂面的清新润相念
相念的心思唱出来
来吧听我歌唱思念

作于2021.1.4

62 天亮的声音

天亮的声音是清丽的百灵
早起的鸟儿有食吃你信不信
早行的鸟儿传承着那一个勤字
早起的人儿收拾好了又出发的心情

天亮的声音是晨风的叮咛
每一天都是好风景只要心静
值守城市之夜的路灯要下班了
习惯了晨练的人们晨光里又出发了

天亮的声音头班车的辛勤
早起的感觉决定一天的心情
勤能补拙是我此生不变的相信
每天努力一点就可以收获快乐心情

天亮的声音是又出发的前行
天亮的声音滋润早起的基因
天亮的声音需要我静静地品
天亮的声音需要你留心去听

作于2023.7.19

(63) 又见面

你离开了我在的城市
迈着头也不回的步子
人设着成功的你的样子
会不会未来日子皆成诗

想着你从前说话的神情
熟悉的样子掩饰了深情
曾经的踌躇相伴幼稚
是不是那时青涩的诗

明知你不会忽然出现
从前的小店都已不见
在街角处浮现你的嘴角
只是想听你说你的改变

相逢的人何须再回从前
你我知此见面非彼见面
如今不用说好久不见
再见时说一句又见面

现在的你和现在的我
莞尔那些错过的承诺
说句凡是想念都在人间
道声若可再见皆于世间

作于2022.2.26

64 一点一点

长大一点
成熟一点
少时如果努力多一点
今时就会遗憾少一点

安静一点
孤独一点
静了会让人变坚强一点
独处会让你学坚忍一点

远行一点
治愈一点
旅途中更靠近梦想一点
时间会让愁滋味淡一点

放怀一点
快乐一点
放得下一点会洒脱一点
知福一点自会惜福一点

努力一点
用心一点
美好就在这一点一点
幸福是拥有一点一点

作于2020.7.29

(65) 一碗面一念长

一碗面寄托了满心的希望
原来是最亲的人祝福的绵长
一碗面感念里是缘不断的时光
美好祝愿寄予在岁月的平平常常

生日面利市面夏至面
鸡蛋面熏干面肉丝面
南方面北方面方便面
谁炒的面你回味心间

饿了时吃一碗面荡气回肠
天冷时煮碗面卧个鸡蛋好爽
回味从前船上面羡煞人的时光
那碗面激荡赶生活的人们的梦想

一碗面里珍惜一生缘
难忘幸福的那份简单
一世情里最是一念长
哪天我做碗面你尝尝

作于2018.9.24
修改于2023.12

66 今晚,月亮

  雪饼、麻饼,还有金枣
  月饼、平鱼,玫瑰香葡萄
 听首中秋的歌,远方写进诗文
在北京的中秋,也有了老家的味道

  听歌、数圈,清早晨跑
  健康、快乐,满满的幸福
 很多年,没吃到老家雪饼麻饼
在北京叫江米条的金枣,醇甜在心

  时间、空间,疼了世间
  他乡、梦乡,远乡在心田
 人们总是说,每逢佳节倍思亲
我想油笋粉馃,那是母亲做的月饼

  距离、分离,此生别离
  梦里、诗里,你在我心里
 满屋飘绕,油笋粉馃的那个香
还有老桂花树,每次回村我都凝望

  天亮、明亮,今晚月亮
  乡思、乡愁,温软是远望
 你说,吃个雪饼麻饼还是月饼
心里享心里的在乎,是团圆的守望

作于2017.12.16
修改于2023.12

(67) 朔风吹

朔风吹，寒冬归，情暖心无摧。
灯火阑珊已是景，识人唯前行。

心之诺，情之宿，心情如自酌。
一杯冰水已神怡，修心在四季。

朔风吹，寒冬归，情暖心无摧。
问君可真有知己，有时可珍惜。

心之诺，情之宿，心情如自酌。
几程同行算永远，别后可孤单。

作于2020.8.22
修改于2023.12

(68) 一切都是最好的安排

没有比快乐更好的
真心快乐就一切都值得
谁为谁好似乎都不太重要
快乐是我们都开心才是最重要

没有比幸福更美的
真心幸福付出的都值了
谁比谁更幸福何必要比呢
幸福是无怨又无悔该做的做了

没有比幸福又快乐更好更美的
幸福的人遇到懂快乐的人
活成喜欢的样子是真的
故事构成最美的人生

真心快乐真心幸福不需要装的
带给人快乐的人是快乐的
幸福的人用幸福读人生
还有什么比这更好的

你努力过的都是素材
你付出的都在滋养情怀
你问自己现在真的快乐吗
我说是的一切都是最好的安排

幸福感强的人每天都发现幸福
快乐着的人热爱阳光雨露
寻常时光每天都挺好的
快乐和幸福并不吝啬

作于2023.8.23

(69) 晨迎秋阳

晨迎秋阳
明媚里起笔释向往
为快乐识得每天的出发
气爽秋高言说收获涵养希望

金染时空
色彩斑斓扮靓从容
时光璀璨着每个人的梦
点亮四季是这世间的生物钟

别来无恙
每天推开清晨的窗
诗和远方描摹人间正道
谁在问芳华代言沧桑好不好

心静望乡
那年我离开那村庄
家乡故乡原乡编织心乡
别过安川亭归来还在小溪旁

心静望乡
别来无恙
金染时空
晨迎秋阳

晨迎秋陽

全染時空

作于2022.7.27

⑦ 写你写我

写下有你的我孤独也不孤独
写着没我的你说说什么叫幸福
写下你的潇洒写写我的牵肠挂肚
写你写我今生今世彼此的一份在乎

写我生命中的你是否时时把我在意
写你岁月里的我是否把你常记起
写你我走过的旅程有过的时光
写你我轻描淡写的未来畅想

写下你的好奇写着我的设问
写我的时光等待写你那份情怀
写你我彼此心里问谁把未来安排
写你我无声说愿意用时光把时光等

写你写我多年后重逢彼此带着微笑
写你我相逢时异口同声一句你好
写下你还是你我还是我的感觉
写你我彼此以真诚致敬岁月

作于2019.9.27
修改于2023.12

(71) 心　海

昨天走过的经过的已成故事
今天的奋斗在对人生意义注释
所有的新鲜事发生或出现并不奇怪
都是为了我们的心海起承转合少一点空白

艰辛日子捱过了幸福就会来
给平凡的日子定个现实的目标
说到就要做到做就要努力做到最好
明天会更好是因为你懂得一切都不会白来

别说不明白
快乐最是奋斗的应该
仪式感也是一种感觉承载
有一天坐在一起谈未来原来说的都是情怀

流逝着日子
本是生活自己在写诗
幸福时也会落泪因为激动
谁都从青涩走来吃过很多苦才慢慢不懵懂

疼一个人或牵挂着一个地方
念一个人或一个人陪你向远方
心有戚戚焉每天才会是温暖的样子
当有一天谁离开或者不再回来都不用惆怅

别说不明白面对流逝的日子
面朝大海春暖花开说的是心海
昨天今天明天编织的是生命的组诗
我心里驻留过你心里经过无论谁为谁抒怀

治療引一点時間讓努力多點些空間

癸巳年夏

居武書

作于2024.2.13

⑫ 若拍离别

咔咔咔,重逢、团聚、举杯,到家时的幸福随拍,游子的乡愁快乐释放,就算已经照过无数回。嚓嚓嚓,挥手、背影、回望,离家时的乡愁再起,又将远行他乡的你,是不是用手机速拍着离别。

你若拍离别就不能只拍离别
先拍千里迁徙和温暖归途的情结
拍风雪挡不住的四面八方的归心似箭
拍亲人翘首以盼山水故乡又幸福相见
拍家乡变得更美回家旅途变得更快捷

拍离别就先为久别重逢留念
谁来讲离家这些年对故土的挂牵
谁先说谁记得少年时的故事更多一点
谁陈述远在他乡未曾忘离家时的誓言
共情那句愿你出走半生归来还是少年

拍离别要先拍几段感怀时间
你来感慨离家这些年故乡的变迁
远方和故乡谁带给你的诗情更多一些
愿意故乡因你骄傲还是你为故乡自豪
你能否描摹唤醒山的矇昽的故乡炊烟

你要拍离别就不能只拍离别
道别的祝福离别的背影叠映画面
谁说村晚不可以比春晚要有意思一点
想说故乡的天好蓝蓝过我见过的大海
告诉自己距离不是问题想回只需一念

作于2017.12.23
修改于2023.12

(73) 我有一份心情

从今天起，放下所有的纠结
跑步、走路，工作，健康是事业
从今天起，享自知之明拥简单之情操
我有一份心情，知生命脆弱知自己渺小

从今天起，和每一个身边的人温和相处
让友亲们感受生命里有你们是我的福
每一次再细微的感动都温暖着我
平淡的文字，是淡淡的倾诉

给每一次的相知每一程相伴
赋予最含蓄的美好最简单的温软
不把感恩说出来记得是你们点滴的好
未必祝福挂嘴上只想快乐在心灵间流转

因生而死或向死而生，都是生命的旅程
愿懂得相携的亲人因相知而更享情深
愿感受相伴便美好的朋友少遗憾
愿活在尘世享一份心灵的真

作于2022.5.15
修改于2023.12

74 把名字记成了你的样子

每个人都有一个相伴一辈子的名字
名字寄托着起名字的人的意思
意思太深奥反而不大好记
记得住的常是名字本义

本义本名注释本色本分
分清本义引申义可以认真
真心佩服有人名字一记一大把
把名字记成了你的样子你别介意啊

别介意啊你的样子分明是你的气质
气质和名字相关联是多好的事
事实上名字常被人们解读
读出本义有点像读原诗

诗和远方总是不弃不离
离别成诗重逢让名字相依
依依惜别中彼此心里祝福再见
再见时告诉你你的样子是我的感念

作于2020.4.10
修改于2023.12

(75) 家乡故乡原乡

有一个地方，只要想起你就会向往
那个地方的故事，说起就思绪徜徉
有这样的人，重要节日你会去祭奠
被祭奠的人，没见过却是你的祖先

有人说，家乡是你回去还住的地方
从前居住现在回去不住的地方叫故乡
你的祖先以前居住过的地方叫原乡
已无法住还常回去的地方是什么地方

有人说不远行他乡的人是没有故乡的
无法住不常回去是家已成了老家的人
记得祖先住过的地方的人是有原乡的
想回怕回怕回想回的人应是怎样的人

家乡故乡原乡，是不是同一个地方
家乡故乡原乡，可承载相同的期望
那个地方陪着你长大又给了你梦想
无论走多远你也不会忘记那个地方

漫游而是乡愁
话解中国画
启武书

作于2022.6.8
修改于2023.12

76 伴你长大的叫奋斗

经过了必须经过的
不论想到的还是意外的
尝过了迟早要品尝的滋味
慢慢懂人生无力的是徒伤悲

不要轻言谁是谁的全部世界
也莫想把谁的肩膀轻易借
经过迷惘再到拒绝迷惘
向走过的路说谢谢

伴你长大的叫奋斗
陪你成熟的教你解忧愁
一回回犹豫一次次交学费
有时没读懂世界有时没悟透

某天起学会了客观看待自己
只是希望靠努力做好自己
愿意以简单相伴着简单
只为活出一种喜欢

一切都是最好安排
把安静当作最美的存在
沟通抒怀内心默契当肩膀
会发现有一种美叫一起成长

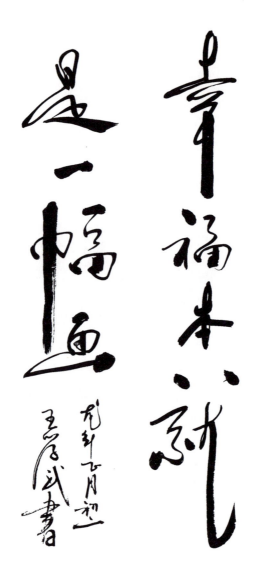

幸福本身就是一幅画

龙年五月初一
王学武书

作于2024.2.11

(77) 念是念的念

思念是思你的念
信念是信你也念
思是思的思
念是念的念

想念是想你的念
感念有感于想念
想是想的想
念是念的念

穿越了思念
穿过了想念
一顿饭牵挂一年
一张票见证年年

都在酒里了
佳肴释快乐
就算是一年一见
却在想哪天再见

期许一年见一面
一起讲述那从前
遥望不算见
念着不算欠

见就多几眼
一别等一年
思念是思你在念
想念是知你也念

作于2021.8.16
修改于2023.12

⑦⑧ 今世度今尘

谁不是苦乐自知
不苦不乐何以言今世
谁不是心有向往
无梦无想何以至远方

道是无情却有情
多少事痛并快虐了心
自知是一粒微尘
却用一生修心度今尘

写下一句今世度今尘
磨砺为无愧此生
坎坎坷坷修平平淡淡
洒脱亦是一份真

心向远方诵一首长诗
只为喜欢的样子
慢慢懂凡事皆有因缘
学舍得何惧得失

作于 2022.6.13

(79) 回不去的那个地方

有人说每回一次家
都是将更温软的乡愁攒下
有的人说家乡成了你的故乡
就是离家乡成梦乡多了一缕感伤

有人说那个想回你又怕回的地方
是怕回想回回又离开的远方
怕回是回一次多一次离别
多少次回还成故乡

有人说回不去的那个地方叫故乡
为何你常回的地方成了远方
有的人说相思终成了乡思
是初心那程路太长

作于2020.10.29
修改于2023.12

⑧⓪ 你是我此生的风景

你是我此生的风景
走到哪里你都陪在我的心
春夏秋冬天涯海角一样地陪伴
孤单时候想起你就会变得不孤单

离开你已经很多年
星转斗移你驻留在我心田
艰难日子想起你心里就有力量
幸福的时刻也想把幸福与你分享

张爱玲说过男孩站在女孩的左边
是因为可以离她的心更近一些
你从来就印在我的心里边
你我谁离谁更近些

离家的人心里都有首歌叫故乡好
一个叫千岛湖的地方是否知道
另一个名字又叫山水淳安
有你陪伴就不孤单

你是我此生的风景

二〇二三年八月十八日 王居武 书

亲之疼

作于2011.11.3
修改于2024.1

❶ 母亲,苦乐乾坤

  极少听母亲说生活的苦,即便在温饱都得不到保障的岁月。听母亲说起以前的不易,也是因为老人感慨现在的幸福。母亲一直抱定日子会好起来、生活会好起来的信念,因为信念坚持,影响并改善着全家的生活,也决定了我的命运。
  母亲属兔,虚岁今年73,10岁时外公去世。因外婆有重男轻女思想,母亲没上过一天学。为保证两个弟弟读书,12岁时她已经开始做田地里所有的活了。母亲嫁给同样不识字的我父亲后,命运并没有改变。母亲生了我们兄妹四个孩子,生活的担子反而更重。
  日子,是母亲心里每天的乾坤,具体到曾经有上顿如何找下一顿的盘算。母亲坚持养了近二十年的母猪,每年靠卖小猪来维持和贴补家里的生活。母猪一年下两窝小猪,一窝一般养四五十天,每只长到七八斤到十几斤时卖掉。母亲养母猪经历了猪价的变化,从最早的小猪卖三毛多一斤,一直到后来的几元钱一斤。记得上世纪七十年代,因为家里没有专门的猪栏屋，只能在两家共有的茅房隔出一半来养猪。曾经有几次淘气的小猪掉进厕所里淹死，那个时候母亲总是伤心得不说话。

小猪是家里重要的经济来源。不仅我们兄妹几个靠它交书费学费，父亲身体欠佳，家里又常是缺粮户，母亲不得不先向人家借钱，然后还给人小猪。这样的日子持续了很多年。母亲卖小猪，挣的最大一笔钱是在1992年，母猪下了14只小猪，养了五十天，一个猪仔经销商上门收购，一窝全要了，一次付了1400块。母亲数着那么多钱，不敢相信是真的，怕上当。第二年，母猪下了8只小猪，卖了1600块，母亲还是担心钱会不会是假的，拿去店里问了问没问题后，把欠人的钱全还了。养母猪很费心力，每窝小猪起码需要几百斤玉米，必须一日三餐烧猪食，母亲还不能耽误地里的活。再加上母猪下小猪后，有时不吃东西，母亲很是担心母猪生病，实在感到心力不支时才不再养母猪。

母亲一生最果敢的决定，是说服父亲同意初中毕业务了两年半农的我重新去上学。1976年，我从公社初中毕业,当年升高中还实行推荐制,规定老少三代贫农家庭只能保证一个孩子上高中,因为哥哥已经在读高一,使得我不得不回家种地。而我在务农的时间里,上午砍柴下午挣工分,虽然毕业时还不到13周岁,但一年已能挣1800个工分,帮着家里变成了余粮户。如果重新去读书,就意味着家里有可能再次陷入缺粮户的困境。但是,连高中都没上,我总觉得抬不起头。母亲看出我的心思,1978年底,母亲找到当时的公社中学校长,请求学校让我插班在初二。用了三四个月,凭着刻苦,1979年我考上了县里重点高中,之后上了大学。

　　一生中母亲最难的日子,是家里突然失火,房子被烧。1980年,在地里干活的父母,忽然得知家里的房子烧了。因为是好几家共住的老祠堂式的房子,到后来也没有找到原因。母亲赶回家时,什么都没了,省吃俭用抠出的准备盖房的粮食化为乌有。没有了家,没有了一切,母亲几乎被击倒了,而我当时正在县城读书。走投无路的情形下,同村的让成伯伯和银香姆,同情我家的遭遇,将他们家一栋房子借给了我们住。母亲特别感谢让成、银香夫妇伸出的援助之手,也下决心在一年之内重盖一栋泥墙屋,而当时,没人相信母亲能做到。

什么都没有的情况下,想重新盖房子,难度可想而知。父亲和母亲愣是自己背树、挑石头,在借不到钱但又不得不雇人时,母亲承诺还给人家"工夫",等人家盖房子时自己去干相等时间的活。第二年春节前,正好一年时间,家里盖好了新房,虽然只是泥墙屋,新屋内的地面还是湿着的泥地,四面透风,但我们又有了家。

在最难的那段日子,母亲也不后悔让我重新读书的决定。说起家里房子烧掉后一年时间重新有了家,母亲说,再难也不能没有志气。母亲总是说,可以借钱但不能欠钱,暂时还不了得告诉人,还不了钱可以给人干活;日子可以苦,但更需要会过。什么时候,都不能忘掉别人的帮助。母亲感恩的心思影响着我,每次回老家我第一件办的事就是去看望有恩于我家的让成伯伯和银香姆。

坚持养了近二十年的母猪、同意我务农后重新上学、白手重建家园,三件大事,是母亲苦乐年华的缩影,但在我心里,更觉得是母亲内心的乾坤。再苦的日子也没改变母亲的信念——日子总会好起来的,虽然母亲连"信念"二字都不会写。

谁言寸草心,报得三春晖

唐孟郊诗句 岩秋书

作于2011.11
修改于2024.1

❷ 给母亲一个惊喜

大概十二年前开始,几乎每次回老家,事先都不告诉父母亲,不论春节还是平时出差顺道或者特意回去。不告诉父母,一是免得他们着急和担心路上的安全,一是希望给老人惊喜。

那年南方雪灾,已经确定不回家过年,但还是每天关注雪灾的走势。当看到雪灾减缓交通状况好转时,我托朋友临时买了火车票,毫不犹豫地带着家人回千岛湖老家。因为雪灾,高速公路关闭,接我们的师傅小心翼翼地走在冰冻的省道上,不少路段只能以10~15迈甚至更慢的速度前行,不敢踩刹车不敢打轮。一路紧张的我们,大年二十九下午终于到家门口,叫了声"叔(老家话父亲的一种叫法)"和"姆(母亲的一种叫法)"。惊讶的父亲憨憨地笑着,母亲微笑着说了句"不是说好下雪不回来了吗",眼里闪着泪花。

是的,这么多年我常常在回家的事上"变卦",时常"说话不算数",往往说好不回去,不知触动哪根神经,又会莫明其妙地奔向养育我

近二十年的家。2010年父亲辞世，我赶回去待了几天，说好父亲满七时不回了，但到那天还是火急火燎赶回了家。父亲辞世时未能见父亲最后一面，深怀愧疚的我，不想让母亲过于伤感。那天，同学直接到杭州机场接我回村里，沙哑着嗓子的母亲看到我时吃惊地叫了句"宝宝婴（土话，老家农村妇女喊出生不久或几岁孩子的一种叫法），你怎么回来了"，我拍着母亲的肩膀，"父亲满七，不可以不回来"，说完很快转过身去。

　　回家不打招呼，也有扑空的时候。大概是1999年，出差到徽州，临时绕道回家看看，事先也没告诉父母，结果到家时，大门锁着。调头走了快二里地，路上恰好遇到干活回来的母亲。

　　一直相信，与母亲是一生的缘，只要你心到，母亲永远在那里等你。上周五晚九点多在北京西单民航售票处附近有事，顺便问了第二天有没有早晨飞杭州的航班，正好有早八点航班而且是五折的机票，没有太多犹豫就买了——母亲老是牙疼，有时疼得半个脸都肿，在我的劝说下，受了几个月折磨看牙，最后基本都拔了换了，很想回去看看母亲现在的状态。第二天下午三点半，我突然在家门口叫了在房顶平台晒东西的母亲时，老人不敢相信，一下不知道说啥。"刚才电话还没说要回"，话语里有点"责怪"，但能感觉母亲内心的高兴。看我突然回家，老人不知道要给点啥好，满满的一筒新腌的菜管，按了又按，让我带回北京。换了新牙的母亲状态比我想象的好，老人连衣服也没来得及换，就被我们接到千岛湖一起待了两天。

常常不承认给母亲惊喜，却总是不自觉地这么做。这一次周末临时回家，应该感谢在一家省电台任副总监的博友的嘱咐。11月8日，博友在微博私信告诉，录制了博文——《母亲：苦乐乾坤》，并嘱咐"请放给母亲听"，我回复："一定！"

从上学到工作，从写给家里的信到所谓的作品，母亲没看过我写的一个字。给母亲"听"关于她的文字，博友的话触动了我。在老家，我打开电脑，不识字的母亲静静地听着带回去的音频——中央人民广播电台中华之声播出的博文《你有多少个第一次的记忆，幸福感就会有多强》、那位省台朋友录制的《母亲：苦乐乾坤》，"你怎么还记着这么多以前的事"，母亲像是自语又像对我说，"想起以前的日子，眼泪都要下来。"那一刻，我的内心涌起从未有过的，母亲头一次"听"到为她而写的文字带来的感动，忽然感觉世上的文字原来有两种——写出的心灵表达，还有"听"到的心灵交互。

给母亲一份惊喜吧，因为无论你做多少，都远不及母亲为儿女的付出；无论你写多少文字，也远不是母亲的全部。

作于2012.2.5
修改于2024.1

③ 母亲,随身手机唯接听

早晨给母亲电话,问她在做什么,母亲告诉正在弄火炉。老家冬天阴冷,靠火炉取暖,但现在用煤气灶做饭,不像以前烧柴做饭可以把烧过的炭火直接搬到火炉,而需要用木柴单生火盖在先放进火炉的木炭上,炭慢慢燃旺才暖和。问母亲昨晚立春村里热不热闹,母亲说很多家放鞭炮,虽然年轻人大多又去城里打工了,但有的老人喜欢放鞭炮。

给父母每天打两个电话,是十多年来的习惯。父母还没有装电话时,我时常把电话打到有电话的邻居家,再让邻居帮忙去叫。因为叫电话,邻居有时需要放下手里的活计。母亲每次都要带五毛钱去谢了邻居,有时邻居也执意不要,但叫的次数多了,母亲很不好意思也实在觉得不便。

大概是1998年,说服了父母给家里装了电话(当时农村还需要一千多元)。从那时起几乎每天给家里打两个电话。更多的时候是母亲接,喜欢喝酒的父亲喝了酒后有时也抢着来接电话,大声叫一声我的名字,"学武哎",要么跟我说母亲在做

饭,或者到菜地里干活去了。父亲开心时会说起村里的人和事,有时还讲他做石磅的故事。因为父母平时都是在厨房吃饭,电话也就放在了厨房的火炉边,而厨房离父亲住的屋子有几十米远。母亲住在厨房楼上,接电话的次数也就多些,当时村里电话还没有完全普及,有电话的父亲母亲感到很方便,在外打工的邻居有时电话也打到我们家,母亲总是热忱地去传递,当然不会要"工夫钱"。

接电话成了母亲的习惯,寄托了父亲母亲对子女的牵挂。如果极难得的一两天我没给他们打,父母会觉得很奇怪,尽管父亲母亲心疼钱,常常让少打电话,但听得出来他们很高兴。父亲有时也会因为母亲接电话多而闹意见,但偶尔一天没听到电话响时,也会主动问:"学武今天咋没来电话?"

打电话承载了对父母的牵念,是我每天生活里最自然的事。远在千里之外,电话里跟父母说一口从没忘却的老家话,听父亲母亲说内心的高兴或者不高兴,于我满是温馨,但决意给一辈子不会用也不肯用手机的母亲买手机,是因为电话带给我的痛。前年6月18日,忽然接到妹妹打来的父亲病危的电话,心急火燎往家赶,机场候机时我怎么也没想到让弟弟妹妹把手机放在父亲耳边,在老人弥留之际手机里叫一声"叔"(老家话父亲的一种叫法)。愧疚,深刻在我的内心。父亲辞世一周后,不管母亲是否同意——坚决给她买了方便接听的老年机,希望随时能找到母亲。

母亲从未用手机往外打过一个电话。不识字的母亲只会按两个键,一个是接听,一个是挂断。每天早晨,上班路上我都会给老人打个电话。下班回来,也会不自觉地再给她去个电话问问做什么好吃的。过去不习惯更舍不得兜里装值钱东西的母亲,现在即使到菜地里干活都带着手机。母亲大概一个星期去邻村小集市买点东西,如果正好赶上给她打手机,母亲会大声告诉我"买了一斤多肉、一块豆腐、几根香蕉,今天花了二三十块呢",那个时候,听得出母亲的声音里满是幸福。

只会接听手机的母亲,如果偶尔一天没接到打给她的电话,就会怀疑是不是机子坏了,会赶紧

找人看。有时因视力不好,按错了键手机被锁,打不进电话但她并不知道,晚上就会自言自语地说:"咋一天都不来电话?"

用了一年半时间的手机,母亲是典型的"闻而不充"。老人不会充值,如同永远不会背我的手机号码一样。妹妹、妹夫负责给她充话费,她自己呢干脆放弃背我和妹妹的号码。在北京时曾试着让她记我的号码,以便遇到困难时急用,但"1,3,9……"练了好几天,一个数一个数地背,就是连不起来,越提示越紧张,我也笑着让她别背了。

手机,于母亲,实用的唯有接听功能。随身带了手机,或许能让母亲淡却些孤独,感受孩子的惦念。母亲的手机,于我,每天给她打两个电话,会让自己安心一整天——岁数越大越觉得,手机的第一用处,其实是亲情的随时传递……

作于2012.8.16
修改于2024.1

❹ 亲疼

"我死不怕,怕痛——这个病痛得吃不消",听到从不主动说哪儿不舒服的母亲,疼痛缓解时平静地说这番话,心如刀绞,期望能从心理上传递给母亲抵抗病魔的力量。

一个多月前,母亲左腿骨裂、脚踝扭伤,卧床静养一个多月后,虽不能走路,但已能扶床下地,能扶着墙挪几步。我们兄妹为母亲的康复有进展而欣慰,但母亲总觉得肚子痛,以为又是胃病。

不识字的母亲和大多数农村老人一样,不太清楚哪儿是肝、哪儿是脾,更不清楚还有个胰腺,只要肚子不舒服,就会让村里的"赤脚医生"——现在已转成专职的乡村医生,给开点助消化之类的胃药,缓解后,也就以为没啥事了。这一次,母亲8月3日住院后,依然以为自己是胃病,做了B超、验血、胃镜等,虽发现肝上有腹水,但胃里没大事,只是有点炎症,肝功能也没啥大问题,但用药后的母亲依然觉得肚子疼痛难忍。8月7日腹水化验和增强CT结果出来,专家会诊,母亲情况不好,胰腺和

肝上问题严重。得知母亲病情时脑袋一下子发蒙，但还是很理智，跟医生商量治疗方案，并迅速咨询北京的专家。鉴于母亲的病情，专家会诊方案核心两条——缺什么补什么，关键是增强免疫力；尽最大可能减缓疼痛。

"现代医学目前还无法治愈这个病，得这个病会很痛，痛得让人无法忍受，而你母亲体质很差……"负责给母亲治疗的专家和北京的专家朋友观点一致地说，可赶回老家的我，依然希望母亲自己树立信心，期望坚强的母亲能再次创造奇迹。

十年前，母亲曾患严重的腰椎间盘突出，几乎只能借助凳子爬着走路，强行让母亲做了手术，卧床半年后，康复得很好。这些年不仅生活自理、照顾父亲，还能下地种菜种粮食。这一次，期望母亲能靠自己的意志创造奇迹。

问医生，得这个病有没有出现奇迹的。医生说也有，有病人曾带病灶生活了二三年。期望母亲因信心而自己创造奇迹，但不识字的母亲词库里没有"信心"和"奇迹"的词汇。在母亲床边，不能告诉病情全部，但又必须说病情的严重性。悄悄跟母亲说："你不光是胃炎，还有很重的胰腺炎，肚子里有很多细菌，需要几个月逼退它们，而能不能逼退，一半在药，一半在你自己。"母亲病痛减缓、精神见好时，我以聊天口吻跟母亲平静地说话，想找到老家威坪话里与"信心"和"奇迹"同义的词鼓励母亲。

"你自己感觉好不好得起来？"装作若无其事问母亲。"从今天起感觉好得起来，这么多人关心我，好不了对不起大家，我还想多看看你们，多享几天福"，母亲以肯定的口气回答。"如果你自己认为好得起来，就一定能好起来"，我以此作为"信心"的同义，用"自己争气就会逼退细菌"来代替"奇迹"，并捏捏母亲瘦弱的胳膊，鼓励病床上的母亲加油。

母亲在，心有方向。十多年来，我养成了每天给父母打两个电话的习惯。无论在北京还是出差，给父母打电话后，心会放松，会踏实一整天。上下班路上，早晚给老人打个电话，会让父母觉得你每天都跟

他们在一起。两年前父亲去世,我就每天给母亲打电话,接电话已成了母亲生活里的重要内容。

　　为宽慰母亲,在母亲肚子不太痛时,病房里给母亲听为她而写的文字。不识字的母亲一辈子没看过孩子写的东西,不会想到电话里相忆的太多往事成了博文的主要内容。艰辛岁月养育我们的恩惠,不仅是文字里的至重,更是流淌在我血脉的生命滋养。我特意从北京背回了电脑,看着《中国之声》主持人朗诵《母亲,随身手机唯接听》的视频,母亲说:"那么小的事情都记得啊。"看得出,母亲听懂了博文里的绝大部分内容。当我把《中国之声》主持人朗诵的《父亲,一生最倔是担当》博文视频放给她看时,母亲很静很静,眼角却流出了不易察觉的泪水……

　　与母亲一起静听电台主持人朗诵的博文,心回曾经的日子。母亲住院后,我从没有如此强烈地想把博文编辑成册。于我,不是简单出书或送给母亲一份礼物,而是因为博文太多文字,不仅源于难忘的记忆,更缘于常电话里与母亲聊往事。母亲有的记得更清晰，有的我比母亲更清楚。母亲不知，没有父亲母亲的恩惠，没有一次又一次的电话共同说起往事，就没有博文。

母亲一辈子连我上学的成绩单都未曾看过，但母亲能听出文字里的亲情。聪慧的母亲，一辈子不会讲大道理。我在《母亲，苦乐乾坤》曾经这么记述母亲的品格："极少听母亲说生活的苦，即便在温饱都得不到保障的岁月。听母亲说起以前的不易，也是因为老人感慨现在的幸福。母亲一直抱定日子会好起来、生活会好起来的信念，因为信念坚持，影响并改善着全家的生活，也决定了我的命运。"如此记录母亲对我的养育之情："坚持养了近二十年的母猪、同意我务农后重新上学、白手重建家园，三件大事，是母亲苦乐年华的缩影，但在我心里，更觉得是母亲内心的乾坤。再苦的日子也没改变母亲的信念——日子总会好起来的，虽然母亲连'信念'二字都不会写。"

"母亲"，听电台主持人朗诵出这两个寻常的字时，忽然感觉是如此有分量。母亲于我，是生命的

延续，于我的女儿，是亲情的延伸。当下半年上大四的女儿把暑假里打工（调研）挣的640元钱中的500元给奶奶（剩下100多元她要请爸爸妈妈吃饭），并让奶奶病好了自己买点好吃的时，母亲的眼睛里，母亲的脸上，溢满幸福。我和妹妹不敢在病床的母亲面前流眼泪，尽管妹妹和我时常在电话里说不下去话。这些日子，很多同学、朋友来看望母亲。母亲虽是疼痛，但能感觉出母亲心里被尊重的幸福。

　　看着母亲在病床能喝一点点面汤，我们会无比开心。看着母亲承受痛苦，又深深地无助。亲情无华，孝顺并无来世。亲，是血脉，更是至近；疼，是至亲承受病痛，又是母亲一生对我们的心疼。亲，是流淌于心脉的生命滋养，更是血脉相连；疼，是揪心，更是至亲间心疼的交互，血脉之情的呵护。亲疼，生命里的至亲至疼之重。

　　祈福，母亲能创造生命的奇迹！祈福，母亲疼痛减轻些！

作于2013.6.30
修改于2024.1

❺ （没）看见

我并没有看见母亲离去时最后的瞬间。

那一刻，呆呆地靠在病房门口的我，任由妹妹在母亲病床前大哭。日夜不离，守护母亲整整两个月的妹妹香兰，把憋了太久的悲伤哭了出来。

对母亲的离去，我们兄妹有心理准备，几天前就已经为母亲的后事做着简单而周密的安排。忍受剧痛的母亲靠着意志，陪我们度过最后一个中秋，生命已是垂危，所有的止痛药不再有止痛作用，相反，只是一阵阵痛得昏迷过去。醒来后，要么说胡话，要么喊痛，要么微弱地示意"说不出的难受"。

那天早晨——母亲离世前的一个小时，老人依然在昏迷中。母亲短暂醒来时，妹妹问她渴不渴，母亲摇摇头。妹妹用漱口棒给她漱口时，我看见母亲突然想咬住漱口棒，后来又昏迷。因为哥哥学平、弟弟学军都在，我到医院附近去吃点早餐。回来路上，哥哥给我打电话，"快点"，我知道母亲不行了，飞奔到病房时，医生护士已在手忙脚乱地

急救。母亲的眼皮耷拉下来，彻底没有了精神，嘴里、鼻子里都在往外喷水。插管来不及，做什么都只会让临走的母亲多受罪。什么也做不了的我，只过去拥抱了妹妹，让母亲走吧，走了就不再疼痛。狭小的病房留给了医护人员，但十二分钟的急救后，母亲辞世。

不是不能正视母亲的离去，是不愿看到母亲离去前一系列抢救程序的徒劳和最后受折磨时的残忍。我并没有看见母亲离去时最后一瞬间的情形，不忍心有这样的生离死别，不是害怕，是不想。

留在心里的，更多的是母亲活着时看见我们和我们看见母亲时的幸福。去年8月，母亲重病住院，我们从北京赶回老家，还来不及到住的地方，直接奔母亲病房。母亲看见孙女千惠时，惊讶与幸福交织在脸上。那一刻，母亲特别好看，看不出病魔正在吞噬她的生命。

从来没有过对母亲年轻时的回忆，回忆里只有母亲一年比一年变老。很想在脑海里搜索到母亲年轻时的模样,但怎么也想不起来。曾经把没有对母亲年轻时的回忆的原因,归结于母亲以前没照过相。母亲是到了六十五六岁,朋友陪我到老家时才第一次给她抓拍了几张特写式照片。但是,真正的原因,是做儿女的我很少很少仔细看过母亲。我只看见母亲的忙碌,却很少仔细看过母亲的神情。

"没发现你有这么卡次(漂亮)啊!"当我把拷在手机里母亲在北京的照片给她看时,母亲羞涩地笑了。"一个农村老太婆有什么好看,是照得好。"母亲有点难为情,但又满是开心。

"照片印到书里好不好?"我跟她说要写一本关于父亲和她的书(《亲疼》),会很快出版。

"用的个(可以),"母亲又有点不好意思,"别人会不会笑我啊。"

"像知识分子的这张照片,印到书里可以不,再洗一张大的放到镜框里摆着好不好?"我假装轻松对母亲说。母亲的病情严重,留下的时日不多,我想选一张母亲满意的照片作遗像。"好,好,我也想摸摸书。"不识字的母亲说。

我在老家彩印店放大了照片,并选了好看的木制镜框装饰,没有遗照的感觉。"真好看!""太漂亮了!"当我把照片带到病房时,好几个大夫、护士看到后,特意来病房夸母亲。那个时候,母亲应该暂时忘掉了病痛。

不太关注母亲,是做儿女的愧疚,但母亲无论什么时候,心里都能看见孩子。母亲住院的后期,因为病情严重,也有强止痛针的副作用,老是在幻觉里。医护人员告诉我们,老是幻觉,就是病危的信号。

"坦里有谷子晒着,赶紧去收……"

"要下大雨了……"

"你舅舅在门口站着呢!"

"该来看我的都来看了……"

母亲疼痛暂时控制或昏睡醒来后,总是说些稀奇古怪的事情。开始以为母亲在说梦话、说胡话,但慢慢地,发现母亲其实已经活在自己的记忆和幻觉里了。

"刚才进来的是谁?"我问母亲。

"是学平。"母亲清楚地说出我哥的名字。

"出去的是哪个？"隔一会儿，又问她。

"是学军。""是香兰。"母亲笑着说出我弟和我妹的名字。

"我呢，我是谁？"我问母亲。"你是学武啊，北京那么远回来陪我好多天了。"看不出母亲有糊涂的迹象。母亲说着守护在身边的我们的名字，一次都没说错。

到现在我也没想明白，已经在幻觉里的母亲看见四个孩子，为什么能不说错一个名字，是我们走进了母亲的幻觉里吗，还是母亲短暂的清醒与幻觉交织在一起？母亲看见的世界，应是她心里的世界。老人虽然眼睛大大地看着我们，但一定是母亲生命里的此刻彼时。

留在记忆里的，更多是寻常日子母亲看见我们时的幸福。有一次回老家，我先到妹妹打工的小店。妹妹说母亲就在县城的街上。我看见母亲在马路对面，走走停停跟同村一个乡亲说话。

"你在哪儿？"我故意打了母亲手机。

"碰到一个村里的,在谈天。"母亲告诉我。

"那你在马路边上站着谈天干吗,不找个地方坐着说说话?"

"你咋知道?"

我和母亲一问一答。

"香兰电话里告诉我的。"我边打着电话边看着母亲走路。

"不可能,香兰不会有时间看见我在街上走路。"母亲说我骗她。"你走过来问问香兰,是不是她刚打电话告诉我的。过马路小心啊!"我逗母亲。挂了电话,看着母亲过马路。

还没有走到妹妹打工的店门口,母亲已看见我站在路边等她。"我说呢,香兰咋会告诉你,我在跟别人聊天呢!"母亲的脸上很是开心。

没有看见母亲离世的那一瞬间。回忆里,太多的是母亲看见我们时的快乐。母亲内心的幸福,一定比见到我们时洋溢在脸上的多得多,如同母亲一生有太多的艰辛,我们看不见或未曾关注。

看,是用心、留心、有心;见,是注意到、留意到、在意到。看见的，是坚强而向善的母亲。没看见的，是母亲内心的整个世界。

作于2012.8.21
修改于2024.1

❻ 孝顺并无来世

世间最难写的文字，莫过于写父亲母亲。

说难写，是因为我们习惯了父母的呵护，几乎麻木了父亲母亲为我们的付出。因为太亲近，所以总是疏忽父母内心的在意、承受和担当。因为要抚养孩子长大，忙于生计的父母，时常顾不上自己的头疼脑热，在贫穷的年代，时常扛一扛、发发汗，肚子不舒服时吃点胃药也就挺过去了。而当我们长大，在外成家立业时，父亲母亲又怕子女担心，生病了依然不主动告诉我们哪儿不舒服，偶尔去医院看一下，吃点药对付。

做梦也没想到，前不久左腿摔伤静养后也只能勉强下地的母亲，会因肝腹水和胰腺出现严重问题而住院。坚强一辈子、从不喊疼痛的母亲，这回疼痛难忍。老家医院专家会诊明确诊断了病情并得到北京专家朋友诊断结果印证后，我不敢相信这是真的，多么希望是个误诊。因为母亲的病情和年岁，为减轻老人的痛苦，专家的意见只能保守治疗，现实能做的是尽量减轻痛苦、增强老人的免疫力。得到明确的消息时，脑袋发紧的我，深感生命的脆弱和无助。

母亲属兔，周岁73，按老家习惯算，虚岁74，本该是享福的年龄，不幸得了重病，当专家告诉我这个病会特别疼痛时，热泪止不住流淌在我的脸上——为母亲的疼痛揪心，为母亲要承受的病痛折磨而难过。

母亲不识字，但极明事理。从来不抱怨生活，无论生活怎样艰辛，她都相信日子会好起来。这次生病，病痛稍有缓解时，母亲就相信一定能好起来。在母亲病房，控制着不掉眼泪的我悄悄跟她说，"医生是不是没告诉你，不光是胃炎，还有很重的胰腺炎？你肚子里有很多细菌，需要两三个月才能逼退它们呢，"捏捏母亲的胳膊问，"你觉得自己好不好得起来？"母亲笑着回答："只要不痛，就好得起来。""只要你自己认为能好起来，就一定能好起来。"我以此作为"信心"的同义鼓励母亲，并握着她的手说："出力些（加油），争口气就会逼退细菌。"用这句话来代替"奇迹"，

鼓励母亲加油。

母亲病了,我一直在想,除了跟医护人员沟通治疗方案,除了多陪母亲说说话,还能做点什么。当从未看过孩子写的文字的母亲,在病床看中央人民广播电台《中国之声》主持人朗诵《母亲,随身手机唯接听》的博文视频后自语,"那么小的事情都记得啊",我坚定了以最快速度将写父亲母亲的博文编辑成册的想法。

博文成书,不是简单送给不识字的母亲一份礼物,而是对母亲的一份敬重。在微博征询好友对博文集名字的意见时,《父母在,家便安好》《其实我并不孝顺》《亲情无华》《母亲随身手机唯接听》《孝顺并无来世》《亲疼》《不老的心港》《我们遗落了多少亲情》等,每一个书名都得到了好友们不同角度的指正、鼓励,学武心存感激。

亲情无华,孝顺并无来世。我们从母亲孕育生命的疼痛中来到世界,但总有一天,我们会无力拉住老人的手,不让至亲离开这个世界。

亲疼，是至亲一生对我们的心疼，而我们总是未能更好地心疼我们的至亲。

作于2012.9.28
修改于2024.1

❼ 守望中秋

从没有哪一年的中秋像今年这样不寻常。老家的友亲给病床上的母亲送来了月饼，我们很想掰一小块给母亲，可母亲已吃不了。

月饼，是很多年前年少的我们的羡慕。记忆里的上世纪七十年代，供销社里卖的月饼一毛钱一个，一筒10个，一般是条件好的人家串门时才能买一筒，我们好像从没有自己买过。更多的时候是亲戚串门时带来两分钱一个的雪饼，也是一筒10个，形状类似现在的旺旺雪饼，但味道要纯甜、厚实和酥松得多。有时，我们挑麦秆去码头或翻山越岭去卖，母亲也会奖励我们一筒雪饼。当然，难得的是能吃上五分钱一个的麻饼，五毛钱一筒，但一筒十个是断断舍不得给我们吃的。吃上雪饼、麻饼，已属过节般的开心，常是母亲对我们干活勤快且是干重活挣了几元的现钱的奖励。那种中间盖了红印的月饼，于我们只是奢望的份儿。难得吃上月饼，一定不是母亲给我们买的。

没吃过母亲买的月饼，这么多年却从未忘却

过母亲自制月饼的味香。土制的月饼，老家威坪话叫"油箩粉馃"。母亲把黄豆炒熟，磨成豆沙，加点红糖（没有红糖时用糖精）做馅儿。面是用赤粉（比标准粉还要黑些）和的，放点菜油和在面里，然后将豆沙馅包在揉成比手掌略小的一个个圆形馃里，再贴在大柴锅里慢慢地烤熟。母亲自制的月饼，虽没有店里买的一毛钱一个的漂亮，但柴锅里烤着"油箩粉馃"，会满屋飘香。闻着香味，我们馋馋地很想吃上几个，可母亲却从未让我们吃痛快过，更多的时候是让我们兄妹一人半个——那个贫穷年代，美味多是用于撑门面或走亲戚用的。

月饼，曾是那个时代美好生活的标识之一，也是年少的我们的美味向往。随着生活条件的改善，父母也不像以前那样视月饼为宝贝，但依然是我心里的美味。这么多年在北京，夫人曾数次用漂亮的铁皮点心盒，塞满月饼和其他点心，快件寄给公公婆婆。父亲几次说："嗯，太甜了，以后别寄了。"那意思是不太喜欢吃，可我们还是乐此不疲，很有些将自己心里的美味记忆强加于父母的意思。

买得起雪饼、麻饼,曾是年少时的理想。买得起月饼,更是曾经的年代未曾言说但珍藏于心的闻得到看得见的奋斗目标。所以,很多年,只要到中秋,不管父亲母亲喜不喜欢吃月饼,我都会电话里问他们是否买了月饼,我也想方设法让父母有月饼吃,哪怕他们一人吃半个都会甜到我心底,这样的感觉会让我幸福很多天。

买月饼的享受远远大于吃月饼,"欲加之甜何患无饼"的感受幸福着这么多年的中秋,但今年的中秋,于我们兄妹四个既温馨又难过。温馨的是,兄妹四个团聚在母亲身边,妹妹还采了一把桂花放在老人病床边,母亲说桂花的味道如花露水。我们多么期望母亲能像以前一样闻着村里的桂花香,吃着我们捎去的月饼。难过的是,重病的母亲已经吃不下一口月饼,母亲的生命已经时日不多。

守望中秋,很想很想掰一小块月饼给母亲吃,可这已经成了我们的奢望。病危的母亲多日不能吃东西,病魔正在吞噬顽强的母亲的生命。我们把月饼放在床前,却比任何时候都怀念母亲自制月饼的情形，那种艰辛岁月却满心飘香的幸福，回味在我们的心头。

　　月饼是母亲病床前的团圆。祈福，母亲平安度过这个中秋。守护母亲，守护团圆……

作于2013.3.28
修改于2024.1

⑧ 打不通天堂的手机

　　一直忘不了母亲的手机号，即使没存在手机里，也很难从记忆中淡忘。母亲一生苦着自己过日子，但手机却是生前两年多里每天放在兜里的物件，哪怕去菜地干活，也会把手机带在身上，生怕接不着我们的电话。

　　给不识字的母亲买手机，是因为父亲的离世。2010年6月18日（父亲节前两天），妹妹沙哑着嗓子从老家打电话来说父亲病危。我心急火燎往机场赶，候机时怎么也没想到让弟弟妹妹把手机放在父亲耳边，叫一声"叔"（老家话父亲的一种叫法）。最终未能见父亲最后一面，未能跟父亲说最后一句话。父亲辞世一周后，不管母亲是否同意——坚决给从未用过手机的母亲买了方便接听的老年机，希望随时能找到母亲。

　　母亲用手机虽只会接听，不会往外打，但村里老人们都很羡慕。给父母每天打两个电话，是我十多年来的习惯。接电话成了父母生活里自然的事，节俭一辈子的父母同意家里装电话，在村里算是比

\ 亲 \ 之 \ 疼 \ 　　149

较早的。要面子的父亲偶尔会因为母亲接电话多而不高兴，喝了酒后也争着去接。酒后的父亲会大声叫着孩子的名字，有时也难得地从嘴里说出对我们的关心。父亲去世，母亲有手机后，兄妹和我给母亲打的电话比以前更多，以致母亲病重住院的日子里，昏睡醒来迷糊中还问："咋这么多日子没有电话呢？"

父亲与母亲性格完全不同。父亲善良、倔强而爱面子，母亲真诚、坚强而明事理。父亲不喜欢在电话里表现内心的高兴，但时常跟邻里说哪个孩子又打电话说啥了，而母亲则会在电话里说出自己的高兴和不高兴。节俭是父母共同的品质，他们都怕我打电话多太费钱，劝我少打，但能感觉出他们接电话的开心。

一直不能原谅自己的是，父亲去世前的几个月，我曾责备了他一番。喜欢喝酒的父亲在生命的最后几个月有些酗酒，喝完酒后多次找茬跟母亲吵架，烦躁时还把母亲做的饭倒掉，母亲被折腾得生病。听母亲说了后我有些不高兴，打电话说

了父亲，责怪他是不是忘了以前的苦日子，并假装生气地两三个月不跟他说话，其实内心依旧每天都通过母亲和妹妹关心他是否起床，吃什么饭了，今天身体怎么样了，嘱咐他们更关心父亲。母亲不在家时，我还专门拜托邻居去看父亲身体怎样。父亲多年身体不好，我们内心一直很牵挂父亲的头疼脑热，但并未理解父亲最后那段日子里的"滋事"，是控制不了自己，而我们却责怪他，这是我此生的后悔。当我赶回家看到静躺着再也听不到我的呼唤的父亲时，悲伤里只说出了三个字——"对不起"！内心很想很想告诉父亲，我不该假装生气地起哄说他，可父亲再也听不到我的愧疚。

只会按接听和挂断两个键的母亲，善于表达内心的幸福，会在电话里告诉我去买了一块豆腐、一斤肉、几根香蕉，上了岁数学会骑三轮的母亲有时会告诉我今天买了米，还有牛奶，今天没骑车，是谁谁带她去买的东西。更多的时候，为锻炼因椎间盘突出有些萎缩的左腿，母亲会走着到邻村的仙山街去买东西。重病前，母亲还去我的表弟办的小厂里上班，但无论在做什么，手机都放在兜里。

母亲一辈子热爱生活，是愿意表达幸福感的老人。母亲不识字，不会说普通话，还晕车，在北京小住的那段日子，实在是太拘束。无论在小区还是家里，老家的方言只有我们母子能听懂，母亲要跟家人交流，需要我当三向翻译，不仅母亲跟儿媳妇和孙女之间的交流需要双向翻译，母亲跟我说的话，我也得翻译给她们。为减轻母亲的孤独和生活的不适应，每天早晨六点半到上班前，我都到母亲房间跟老人说话，晚上睡觉前再跟老人聊天。周末，陪母亲到紫竹院走走。问母亲想不想去天安门，晕车的母亲说："想去！"那天，我们坐了最早一班地铁到了天安门广场。瞻仰了毛主席遗容的母亲自言自语说，没有毛主席，不会有今天的好日子。母亲眼里闪着泪花。那一天，我给老家的妹妹拨通手机，母亲与她聊了去天安门的心情，而当我第一次也是此生唯一一次带母亲去理发店理发后，我给老家的邻里拨通了电话。一辈子没有去过理发店的母亲，电话里描绘着在理发店一个叫阿康的小

老板给她理发的情形。

电话，于我，是亲情的承载；于我的父母，是对孩子的牵念。手机，如亲情的图腾，时常感念在我的生命。每天早晨给母亲打电话的习惯，沉淀成了生命里的一组号码。母亲葬礼那天，我们把老人生前喜欢的手机和老花眼镜等一同放进墓里，让母亲带到天堂。

"159……9908"，清明将至，梦到母亲后醒来的早晨，情不自禁拨出了母亲的手机号，天堂里传来"你好，你所拨打的电话已关机"的声音。木木地，我意识到，所谓孝道和孝顺，只是父母活着时的一段亲缘，并无前世，也无下辈子。因血脉而来的亲疼，只是今生的机缘，那个熟悉到忘不掉的号码提示你，感念，不是感伤。清明，为逝去的亲人扫墓，只是清新你的灵魂，让我们的心灵更柔软，前行更有力量，而那个号码，不必再打。

作于2011.11.19
修改于2024.1

❾ 其实我并不孝顺

很长很长一段时间，以为自己很孝顺。大学毕业工作后第一件事就是供弟弟读书，那时认为，供弟弟上学就是减轻家里负担，也是最实际的孝顺。

一直认为自己理解父母曾经的艰辛，尤其是母亲借钱供我们读书、辛辛苦苦养母猪卖小猪还账，以及家里房子失火后借钱重建家园的艰难。我也因此发誓要考上大学，改善家里的生活，绝不让父母再过贫穷的日子。弟弟毕业后，我便直接给家里寄钱，夫人呢不仅给公公婆婆做裤子过年，还给他们织毛衣毛裤，再后来买保暖秋衣秋裤和皮鞋等从北京寄去。父母生活改善后，母亲再也没有向别人借过钱。收到寄去的东西，父亲和母亲总是很高兴。

在老家淳安威坪农村，有肉吃，有皮鞋穿，有钱看病，曾是父辈理想的生活。当老人提一斤从小镇上买来的猪肉或拎着上镇医院看病后配的几副中药，或者穿着孩子给买的衣服和皮鞋，从村脚走到村头时，你能感觉老人的优越感和满足感。当父亲母亲享有这样的生活，也能四季分明地穿衣服时，我的心里不无欣慰，欣慰父母总算没有白供孩子读书，欣慰铭记父母的不易。

  一直觉得定期不定期寄钱、寄衣服给父母，每天电话关心父母健康，过年时什么都安排好，就是孝顺。但是，去年父亲的离世，让我突然意识到，其实自己并不孝顺。父亲去世前三个月，喜欢喝酒的他变得有点酗酒，喝酒后喜欢找母亲的茬。身体虚弱的父亲抱怨说话没人听，但有亲友或邻居陪他说话时会好好的，啥事也没有。父亲一个人在家时，常独自喝酒喝得满脸通红。母亲从菜地回来，他会突然胡闹。母亲担心父亲白酒喝多了身体吃不消，悄悄地把酒藏起来，外面只放一两瓶。父亲知道后大发雷霆，把酒瓶摔到地上，母亲给他做的饭也不吃，有时成心倒在地上，闹得厉害时，七十六岁的父亲还爬上八仙桌，喊着向母亲要绳子上吊。我不但不理解老人，电话里还责怪父亲是不是忘了以前生活的苦。父亲去世前一个月，身体变得更差，无力再闹，母亲几乎寸步不离陪着，妹妹一家也赶过去照顾。那段时光，因家人陪在身边，父亲变得出奇地温软。当我得知这一切时，深深地觉得自己的不孝。

曾经以为，对父母生活上细心照顾就是孝顺，直到父亲去世前，我才明白，老人在基本生活条件满足后，最在意的是要亲人"候住他"（被关注），"叫得应"（说话管用，被尊重），有用处（被需要）。父亲最想要的是，不管你有没有出息，他说话你都不敢不听的满足。而做儿女的常犯的错误是，只希望父母吃完饭散散步，什么病也没有，啥事都不用他们操心，以为这样就是关心，而实际上有意无意把老人当成了"傻子"——疏忽了父母也是有思想的人，无论老人的思想多传统或多不合时宜。

父亲辞世后，我越来越明白老人在生命最后一段时间的"滋事"是因内心孤独产生焦躁——留恋生命又无可奈何地烦躁。老人在意自己的存在感（被关注）、角色感（被尊重）和价值感（被需要），虽然父亲从来没有这么说过。

真正的孝顺，不止是简单嘘寒问暖，或者让

父母当儿女的听众，更重要的是"衬娘姆老子说话"（衬父亲母亲说话。衬，衬托，帮衬；娘姆，母亲；老子，父亲）——用心找父母最愿意说最想说最有话说的话题，让父母多说话，多聆听父母说话，这是让老人最开心的孝道。

孝顺，不止是简单的赡养和顺从。孝道，是对老人身和心的同时在意，是对父母在意的在意。

作于2012.6.6
修改于2024.1

❿ 父亲的剃头情结

一把剪刀、一把剃头刀、一把残缺了牙的月牙形老式梳子，是父亲中年时为孩子或偶尔给邻里理发的工具。这么多年，一直未能忘却父亲为我们理发的情形，是记忆里父亲为我们理完发后的美滋滋。

在老家，理发俗称剃头。父亲为我们剃头次数比较多的时光，是农村土地还未分到户的岁月。那时集体劳动，父亲常利用中午收工在家休息的时间剃头。剃头刀，是父亲从当时走街串巷的货郎担上买的，大概一块多钱。理发的剪刀，跟裁缝师傅用的裁布剪刀差不多大，是请村里的铁匠打的。打剪刀，比打锄头要费事，所以一把剪刀，铁匠要单算半天工夫钱。父亲一直想有把推子（老家话叫洋剪），需三五块钱，家里舍不得，也没条件买。

父亲用剪刀给人剪发，整整齐齐的，显不出层次。用剃头刀给人剃发根，自然是干净有余，但没有渐进的观感。因为剪得整齐，头顶上的头发长而

两边直上直下被剃干净，被人戏称"汤瓶盖"。汤瓶，是老家炖菜的砂锅，盖在汤瓶上的盖子大多是方形或长方形。因为家里贫穷，我们心里虽不喜欢"汤瓶盖"，不太乐意父亲给剃头，但嘴上总是不好意思说。年少的我偶尔能到同村有推子的名字叫三佬的业余理发师傅那儿去理一次发，其实也就一毛钱，但最最开心的是改变了汤瓶盖头型而自觉洋气了几分。记得三佬还会用剃头刀在你耳朵里灵巧地转半天，痒兮兮麻酥酥柔软的被电的感觉。我至今都未能忘掉三佬用剃头刀清理耳朵里汗毛的麻利。

  上高中后便未再让父亲理过发，可父亲喜欢推子羡慕推子的神情，却总是在我的脑海里闪现。父亲喜欢给人剃头，曾经想贴补点家用，但手艺远不如他自豪一生的做石塝（bàng）技术。剃头并没有挣过一分钱，所以也就只能作为业余爱好。每每有邻里为了省钱而让父亲给剃头时，父亲很是开心。父亲的爱面子，体现在有面子。做石塝是父亲一生的自豪，而理发，父亲也认为自己是有技术的，只是工具不行。父亲在意的面子，是那种做了事别人随时能看到并受称赞的得意——"这个塝，是安川应槐师傅做的""这幢房的屋基是王师傅填的"，每每听到这样的话，父亲觉得很有面子。

给人剃头，父亲潜意识里，也应是别人看得见的有面子活儿，那种别人问起"谁给剃的头"，听见邻里说"应槐剃的"，父亲心里很快乐，所以常常乐此不疲。父亲想有把推子，希望有了像样的工具后可以给人剃得更好的愿望，印刻在我的记忆深处。大学毕业工作后，我曾经问过父亲还想不想要推子，父亲说"算了，大家都去店里剃头了，用处也不大"，我也就没再往心里去，但父亲的剃头情结其实并未淡却。

父亲上了年纪后，没再给人剃过头，老人晚年越来越愿意到邻村的小理发店让人理发。每隔一个月左右，父亲就会让不会骑自行车，晚年却无师自通学会骑三轮的母亲带他去小店。母亲拉着他，父亲坐在三轮车里的小凳子上，很是惬意地跟过路的熟人打着招呼。别人问："干吗去？"父亲会大声地说："去剃一下头。"那神情如过节。小店理发，数年里从一块五、两块涨到了三块一次。父亲岁数大了去理发的次数也就没有以前那么频繁，但每次理完发，总是习惯地问母亲去不去吃馄饨？"我去吃馄饨了。"父亲颇有优越感地在旁边的小吃店招待了自己，有时会煮几片油豆腐。去理发的那一天，父亲会踏实而轻松。

很多年里，始终没明白干了一辈子农活、做了多年石榜，双手长满老茧的父亲为啥喜欢给人剃头，晚年还极愿意让母亲骑三轮拉他去小店理发。曾以为父亲给人剃头是爱好，或者在那个艰苦的岁月想贴补点家用，但早已不给人剃头的父亲年岁增大身体变差后，到辞世前的几个月，依然喜欢到店里理发，才使我慢慢领悟到，给人剃头是父亲的享受，是有面子地营造生活；而晚年到店里让人理发，是老人享受条件变好后生活的体面。

无论你贫穷还是富有，每个人都可以以自己的方式营造生活、享受快乐。快乐和幸福，与富有并不一定成正比。未能给父亲买推子，是此生的愧疼,但父亲的剃头情结,不经意间促使我形成喜欢理发的习惯,带给我生活的享受。工作后这么多年里,一般相隔二十天左右,自觉不自觉我就会去理发店理一次发。理发于我,喜欢的是理发师用推子推头发、用推子扫边时麻酥酥的触感和因此的催眠般的身心放松。

每次理发,总会想起父亲为我理发的情形。

注:塝,读bàng。田边土坡;沟渠或土埂的边。石塝,石头砌成的田地的坡、沟渠或土埂的边。做石塝,用石头砌成有一定高度的石墙、石坝、石堤等,泛指凡用石头做的工程,如修石板路、筑石阶、填屋基,还有砌梯田间的石堤,这些均属塝师傅的活儿。会石塝技术,在老家尊称塝师傅。

作于2012.3.29
修改于2024.1

⑪ 父亲，一生最倔是担当

做一个父亲，最难是担当，而最难的担当，是最难的日子里的生活担子肩上扛。一直未能忘却，哥哥和我在村里读小学时，老师一次又一次在课堂上点着我们的名催交书费、学费，放学后脸红着几乎逃着回家的我，总是问父亲母亲要学费，而拿不出钱的父亲，常是一言不发，闷闷地抽着旱烟。

父母生了我们兄妹四个孩子，孩子多，缺劳动力，是当时的窘境。父亲体质不好，多年患胃病，四十多岁时做过手术，因家里条件差，身体未能完全恢复，干农活还是受到影响，虽然母亲很要强很能干，但很多年里是缺粮户——挣的工分不够分粮食所需，每年大概要欠生产队百八十元。为改善家境，会做石塝的父亲，不得不选择去县城搞副业（做民工）——自己找生活做，每个月必须交给生产队30元，多的才能归自己。父亲寻到挖土方、做塝等小工程后，组建临时小工程队当小包工头。工程并不是随时都有，往往做了一个工程后，很长时间活儿接不上，但交给生产队的副业费不会因为你没活儿干就能减掉，所以好几年，缺粮户的我家，不仅欠了生产队分粮食的钱，还欠队里副业钱，因为交不了副业钱，生产队有时干脆扣除粮食。

在县城搞副业，父亲因为不识字，管不了账，几乎每个工程下来父亲自己都没啥结余。尽管常欠队里副业钱，父亲依然坚持搞副业，一是喜欢做垮，二是包到小工程后，可以先预支二三十元，能应急贴补学费书费等家用，搞副业，做垮，是父亲一生的自豪。

父亲一生做得最大的官是生产队副队长。大概在1974年，身为副队长的父亲负责稻田放水。那年夏天天旱，父亲为了保障产量高的稻田用水，减少了山坳的几丘田的放水次数。因为天气太旱，那几丘田的水稻几乎没啥收成，大队书记专门到生产队开全体社员大会批判父亲，让他认错。父亲一言不出，最后被逼没辙，只说了一句"怎么罚都行"，就是不低头认错。

倔强的父亲，很少因为日子的艰苦而放弃对

美好生活的向往。在只有一个鞭炮过年的年景,父亲依然天没亮放了鞭炮开了门后又回到床上睡觉。晚年身体虚弱步履蹒跚的父亲,在点燃鞭炮那一瞬间,神情坚定,动作变得麻利,忘掉了自己的年龄,一种岁月的升华、年的快乐,写在脸上。有一年回家过春节,我站在远处看父亲放鞭炮,明明看到点燃时鞭炮熏着了他的手,问有事没,老人用手蹭了蹭衣服,笑着说"没事没事",我说"看见火炮呲到您手了",父亲坚执着"没有没有",那神情有几分诡秘。

父亲一生很少说教,总是用行动说话。曾经在一家人围着火炉烤火时,不经意触到那双帮我们整过柴担、做过草鞋的大手。看着父亲两只手上布满的厚硬得发亮的老茧,眼前禁不住浮现出上世纪九十年代初,父亲因身体原因不再做篾,利用农闲绑笤帚挑到学校或供销社卖的情形。父亲砍来很多细竹枝扎扎实实地绑成竹丝笤帚,很受邻居和学校喜欢,最早卖五毛钱一把,后来一块五、两块一把,再后来卖到三块、三块五。有时父亲自己挑着笤帚去卖，绑得多时母亲便搭上别人拖拉机到位于虹桥头的中学去卖。卖了笤帚的日子是父亲开心的时刻。

　　连名字也不会写的父亲，不会讲大道理，极少教训我们如何做人，一生中有数几次的嘱咐，我终生难忘。大学毕业来北京工作的前一天晚上，喝了点酒的父亲趁着酒劲说了句，工作了"做人要硬气"。"硬气"，老家话的意思是，正直、有骨气。父亲第二次告诉儿子"做人要硬气"，是三年前我打电话告诉老人，儿子因写了篇披露性报道而遭到诽谤，我让他别担心。父亲不识字，不懂普通话，我用方言说给他听。父亲用老家话再一次说了"做人要硬气"。正是因为记住父亲"做人要硬气"的嘱咐，经过了漫长的维权后，北京市一中院作出终审判决，侵害名誉权方被要求停止侵权、刊登致歉声明并赔礼道歉、赔偿精神损害抚慰金。2011年9月5日，海淀法院刊发《公告》，强制执行刊登终审判决书主要内容，维护了记者的尊严，为长达924天的维权路画上了句号。我很想告诉天堂的

父亲,儿子做到了您说的"硬气"!

做塝是父亲一生的自豪和从容,做草鞋是父亲作为农民家长的基本功,绑笤帚是父亲无师自通的喜欢。父亲一生有很多情结,没有推子但喜欢用剪刀义务给人理发,尽管剪的是具有那个时代特征的头型。放鞭炮,是父亲的最开心。不成曲调地拉胡琴,是父亲晚年的消遣。喝酒,是父亲的最爱。

父亲晚年身体不好,我也不愿意他再干活,但父亲的口头禅还是:"如果我身体好,会有很多人请我去做塝,能赚钞票……"那一刻,父亲眼神里会闪过一丝光亮,一种担当的自豪和对往事的回望。

清明将至,谨以此文献给天堂的父亲。

激而不平

启功 书

作于2012.1.23
修改于2024.1

❶❷ 父亲的鞭炮情结

什么时候，听到鞭炮声，都会想起父亲放鞭炮的情形。放鞭炮，是父亲过年的最爱，即便在只买得起一个、两个"二踢脚"（老家叫"火炮"，两头响）意思意思过年的贫穷年代。

上世纪七十年代，有一年过年，父亲只买了两个"火炮"，一个在除夕下午上坟时放了，另一个，留在初一开门时放。初一一大早，大概只有四点钟，听到父亲起来拉开了门闩，开了门，"乓""乓"两声脆响后，父亲轻轻地又把门掩上，回到屋里睡觉。

贴对联与放鞭炮，是每年过年父亲当仁不让的两件大事。先是贴对联，不识字的父亲容不得半点马虎，总是问了哪个是上联，然后拿着梯子，边贴边问我们正不正。从梯子上下来后，还仔细检查贴得好不好，以塝师傅特有的眼力，再去贴另一边。看着贴好的大红对联，满意了，父亲便点燃一根香烟。

父亲一辈子抽烟，很长时间里抽的都是自种

的烟草而制的旱烟，但过年时也会买一两包"大红鹰"（一毛三分钱一包）待客，还有一用处是，为了上坟点"火炮"方便。上坟，一般是同族的几家汇在一起。各家把祭品在先祖的坟前摆好，跪拜后，一家接着一家放"火炮"，很是壮观。寂静而空旷的山地，听"火炮"声声，看焰火与不远处的村里袅袅升起的炊烟呼应，过年的气氛浓在每个人的心里。父亲喜欢放鞭炮，担纲贴对联，一直到辞世的前一年。

知道父亲喜欢放鞭炮，大学毕业工作后，每次回老家过年，我都会买足够的鞭炮让父亲过瘾。这些年，鞭炮的品种也越来越多，以前没有的几十响的烟花炮，在村里很是普遍，而我每次回家，总会把村里小店最大的上千响的挂炮买来让老人放，但父亲似乎还是钟情过去的那种"火炮"，也喜欢一串串的小鞭炮（老家叫百子"火炮"）。每次，不敢放鞭炮的我，老怕父亲伤着手，总是提醒他注意安全。有趣的是，身体虚弱步履蹒跚的父亲，在点燃鞭炮那一瞬间，神情坚定,动作变得麻利,忘掉了自己的年龄,一种岁月的升华,年的快乐,写在脸上。几年前回家过春节时,我站在远处看父亲放鞭炮,明明看到点燃时鞭炮熏着了他的手,问有事没,老人用手蹭了蹭衣服,笑着说"没事没事",我说"看见火炮呲到您手了",父亲坚执着"没有没有",那神情几分"诡秘"。

如今老家过年放鞭炮,不仅上坟放,除夕年夜饭前还要放;不仅初一早晨开门放,过了年游子远行离开家时还得放。鞭炮,寄托着乡亲对故人的感念,对幸福生活的感怀,对来年的希望和祈愿。听着新年鞭炮声的彼伏此起,很想让父亲再痛快地放鞭炮,很想再看到老父亲放鞭炮时"诡秘"的神情,那种无论日子多艰难,岁月多沧桑,也没改了内心的一份纯真和顽皮。

作于2012.5.23
修改于2024.1

⓭ 父亲的胡琴

"阿爸那把胡琴在手里拉,沧桑刻上他的脸颊。小时候我问他高原有多大,他说也没见过布达拉……"每次听白玛多吉唱的《阿爸》,父亲晚年拉胡琴的情形总会浮现在眼前。

没多少音乐细胞,不识字更不识谱的父亲,一生却有过三把胡琴,其中两把都是自己动手做成——买一块多钱一根的琴弦,再找来竹子和乌蛇皮自己幔。上世纪七十年代做的那把,因家里老房子失火被烧。九十年代幔的一把,父亲珍藏到辞世前。还有一把,是十多年前妹妹花十五块钱从小镇上买的,父亲辞世前几个月身体渐差不再拉胡琴时,半卖半送地给了一个远房亲戚。

记忆里,父亲拉胡琴的次数多起来,是十年前因为身体不好,不去地里干活后。父亲喜欢在两个地方拉胡琴:一是喜欢坐在厨房边的坦里(专门晒粮食的平整而开阔的水泥地),上午太阳还不太晒或者太阳快下山时,父亲搬一条矮矮的木凳,面向家门口的大路煞有介事地自娱自乐;一是过年过

节,家里来客人围着火炉烤火,父亲时常拉起胡琴。无论是在坦里还是在火炉边,父亲自己拉一曲或两曲后,总喜欢递给比他会拉胡琴的邻居,父亲看来这是一种礼让,也是一种求教,那动作特像土地分到户以前,几十位生产队员一起到远山的茶园或者苞芦山除草时的一个情景:中途歇息时男人们拿出竹制烟筒和旱烟袋,找两小块半透明的白色石头,再将草纸卷成细筒状放在一块石头上,噼啪噼啪两块石头撞击几下后,冒出火星点着了草纸,父亲熟练地从烟袋里捻一把烟丝塞进烟筒脑(装烟丝用的鱼脑状烟斗),然后用火边点烟丝边吸烟筒嘴,那神情像补充身体的元气,抽几口后父亲会在草鞋底下磕几下烟筒脑,把熄灭的烟丝磕出,再捻一把烟丝装进烟筒脑。父亲习惯地用手心擦一下烟筒嘴,递给一起干活的邻里。那种情形,这么多年过去我依然觉得是力量传递,是艰辛环境下男人间的彼此鼓励。

　　父亲倔强一辈子,但拉胡琴时脾气却出奇地好。同样音乐细胞不多的我,似乎没听到过父亲拉过完整的曲子，父亲拉胡琴时还时不时地揶揄他："真难听呢，像拉锯。"父亲却总是笑笑："不行你来啊！"顽皮如小孩。父亲拉得最多的是老家的睦剧。懂胡琴的邻居王涛告诉我，父亲晚年喜欢拉的曲子是瞎子阿炳的《二泉映月》和京剧《苏三起解》，我很是诧异。在县城安了家的王涛每次回村看见父亲在坦里拉胡琴，总要跟我父亲交流，并拉上两曲。堂哥学友却说，父亲并没有拉过太多的完整的曲子，只是一种消遣和开心。

　　的确，每个人都有唱给生命的歌，不论憧憬还是回味，都是流淌于心的音乐。无论你音乐天分高还是低，也不论旋律是快乐还是感伤、幸福还是心酸，唱给生命的歌都是内心的最动人的。父亲拉胡琴，应是心有幸福的时光。友亲围着火炉跟父亲说话时，父亲有意无意聊得最多的是在县城搞副业做石磅。聊到高兴时，父亲会把挂在墙上的胡琴拿下，也不管人家喜不喜欢听他的不成曲调，总是微笑着来上几段，从这个曲跳到那个剧。这么多年过去，我似乎刚刚悟出，做磅或许是因此自豪的父亲

内心的交响乐,做草鞋是作为农民家长的父亲的小提琴曲,绑笤帚是父亲心里的《二泉映月》,义务给人理发是父亲心里的睦剧,放鞭炮一定是父亲心里的乐鼓,而喝酒是父亲内心的作词作曲……

父亲不再拉胡琴,是辞世前的几个月。那时体质渐差的父亲,心里烦躁而常常喝酒。父亲将妹妹买的二胡以十块钱卖给了邻村亲戚,父亲辞世那天我才知道。尽管父亲卖了胡琴,但自制那把胡琴却始终保存,如同不怎么穿从北京给他邮去的休闲皮鞋,不怎么用寄给他的电动胡子刀,珍惜有加。正因为如此,父亲辞世后,我们把他在意的几样东西小心翼翼放进墓里,让父亲带到天堂。

父亲辞世两个月后,我让母亲找到了那位亲戚,赎回了与父亲相伴多年的胡琴。暖暖的阳光下,仿佛又看见父亲坐在小凳上拉胡琴……

作于2012.3.14
修改于2024.1

⑭ 天堂的父亲，是否每天还喝点小酒

父亲在世时，没请他下过馆子。

父亲是喜欢喝酒的人，即便是在上世纪七十年代的贫穷年景里，家里若来了客人，父亲总让我们去村里唯一一家居民户开的小店里打散装烧酒，一两或二两，实在没钱就用鸡蛋去换，当然那个时候条件差，喜欢喝酒的父亲也只能偶尔为之。农村土地分到户后，条件好些了，父亲便自己酿米酒，后来觉得不过瘾，干脆请酿酒师傅到家里用小麦酿白酒。有几年回家过春节，喝过家里自酿的烧酒，劲儿那个大啊，不胜酒力的我实在是喝了一口不敢再喝第二口，可父亲却在一边微微地笑，那神情有点恶作剧般的得意。

父亲一生喜欢喝酒。父亲不识字，但做石磅技术在相邻几个村都很有些名气，是受人尊重的磅师傅。因为孩子多且都在读书，家里负担重，父亲很多年都到县城排岭搞副业（做民工），当过小包工头，从各村叫来熟悉或不熟悉的人组成临时小工程队。虽说父亲是包工头，但活儿都不大，大多是

挖土方和做塝,活儿干完了,工程队也就解散。工程队虽是临时的,可为了聚人气,每当工程开工后,父亲总是要预支点钱,让兼职做饭的工友去买点猪血猪心猪肺或猪肠,再把从家带的腌菜管或梅干菜炖进去,四处飘香。十几二十个工友围坐在工棚"打平伙",一起吃饭喝酒,喝着打来的烧酒或黄酒,简单地快乐着。打平伙的日子极其难得,但却是我对父亲大场面喝酒的记忆。

父亲酒量不大,但喜欢用白碗喝,也就倒二两左右。父亲右手端酒喝时,食指习惯性地抠在碗里边,每喝一口,酒要在嘴里停留刹那,然后使劲地抿嘴慢动作往下咽,有时还会不自觉地先深呼吸然后轻轻往外"哈"一下,那动作应该是边喝边回味。我参加工作后,家里条件改善,父亲也喜欢喝啤酒,每次喝一瓶到一瓶半左右。父亲喜欢喝酒的气氛,喜欢喝酒时回忆在县城做塝的自豪,喜欢有亲友围在他身边那种微醉的感觉。每次回老家,同学去村里相聚,不仅给父亲带酒,吃饭时还给他倒酒,父亲最是开心,开心得时不时给客人倒酒,

"喝喔，喝喔"地劝酒，高兴得把大砂锅里的猪肉、豆腐等他认为的好菜，夹到砂锅的最上面，有时我会嗔怪："您这样，客人没法吃了呢。"父亲也不会生气，只是笑着，我的同学当然也不介意。

知道父亲喜欢喝酒，老人晚年时我曾多次想带他到威坪镇上的小酒店或到县城吃顿饭。有时县城同学来接我，也希望父亲一起去，老人总是说太麻烦："家里有酒喝就可以了。"我跟他说："母亲可是大酒店吃过饭见过世面呢，别说不带你去哦！"父亲回答说："怪你什么啊。"父亲喜欢那种家里随时有酒喝的幸福感，喝酒时有时连菜都不要。后来体质越来越差，改用小杯子喝，医生告诉让他少喝。晚饭时，我常从北京打电话问他喝了没，"就喝了半杯"，而母亲告诉我："是喝了半杯，没事就喝半杯，一天喝七八次啊。"母亲既担心父亲喝多对身体不好，又不希望他不高兴。

喝酒，是父亲一生的喜欢，也是父辈精神的一部分。家人或亲友围在身边陪他喝酒，听他讲内心曾经的"辉煌"，是老人一生的快乐时刻。父亲喝酒一直喝到辞世前的半个月，体质越来越扛不住才不再喝。父亲不能再喝时，我才彻底理解，在哪里喝酒并不重要，重要的是做儿女的能多陪陪父亲——陪父亲喝酒，听老人说曾经的自豪。

　　父亲一辈子，未能请他在酒馆对饮过，是我此生的愧疚。天堂的父亲您好吗，天堂里是否每天还喝点小酒？

作于2011.12.7
修改于2024.1

⑮ 温暖是棉

雪没下成,冷了北京,不知老家是否气温骤降。晚饭前电了母亲,告我落了一天的雨,家里上了炭火。前几天就已经厚厚的霜冻,腰椎间盘突出做过手术、左腿有些萎缩的母亲,早早穿上了寄去的棉裤——怕母亲寒腿,夫人去年用两条秋裤剪开絮了棉花,并厚絮了膝盖和后腰,一针一针手缝而成了棉裤。母亲说,比上回寄去的用太空棉加厚了左腿的保暖秋裤还暖和。

老家威坪农村,年长一些的乡亲至今还会用盖几斤几斤重的被子,来说冬天家里暖不暖和,被子越重越显着可以御寒,而实际上本地产的棉花做成的重达10斤的被子,也是沉而不暖。即便是从商店买来的外地销到老家农村的棉花,请棉花师傅做成被子,也是硬硬的没有北方棉花做成的被子暖和。

体味到"寒窗"并不单指读书辛苦,是在县城高中读书的三年时光。一条四五斤重的旧被子伴我度过了三个冬天,半条当褥子半条盖在身上,遇

上下雪天,晚上冷得哆嗦,身上所有的衣服裤子压在被子上也半天暖和不起来——"寒床"的夜里,总是盼着春天快快到来,夏天慢些离开。幸亏那时三十多个同学同住一间宿舍,也就多了一份热气,但看着家在城里的同学一个人可以有一条被子一条褥子还有毯子,羡慕至极。

温暖于我,具体得就是对一件棉衣、一件绒衣或一条绒裤的向往。上世纪七十年代在老家小山村生活的岁月,很是羡慕当过兵的同村人,退伍时还发棉衣、绒衣、绒裤。而我,哥哥学平穿过的"卫生衣(绒衣)"传给我时,已经不暖和。冬天因为没有可换的保暖衣服,常常穿得长了虱子——为了第二天暖和些,睡觉前脱下,两个人抻着在火炉上烘烤,拍拍"卫生衣",虱子掉进火里会噼里啪啦作响。为了御寒,常是三件单衣服、三条单裤(有时只有两条)叠穿一起,哪里能像现在这样冷暖自知地分了季节穿衣。那个时候,冻得哆嗦的我想,等有一天成了正劳力(16岁以下为半劳动力,16岁以上为正劳力),

一定买两件绒衣两件绒裤换着穿。务农后重新去县城上学,看到城里同学既有褥子又有被子还有毯子时,下决心如果考上学校,工作后一定给自己买十斤重的被子、六斤重的褥子,冬天也把自己捂出汗来,让父母别再过一条被子扯着盖的日子。还要买多多的棉花,让全家人有新棉衣。

感受如棉的温暖,是到北京工作特别是成了家后,有垫被有盖被,还有暖气,冬天钻进暖暖和和的被窝,捏一把软软和和北方棉花絮成的被子,幸福感会流淌全身。而更感幸福的是,知我的夫人在条件拮据的岁月里,还织毛线衣毛线裤给千里之外的父亲母亲邮去。条件稍好些后,夫人便每年给我父母做棉衣或买冬衣寄去过冬。当我们自己刚穿得起料子裤时,夫人也买了上好的料子,自己给公公婆婆每人做好几条裤子寄去过年。后来,干脆从北京絮了棉被、买了电热毯寄回老家。

难忘曾经没有毛衣毛裤、没有厚被子过冬的日子,这么多年也因此最怕父亲母亲冷着冻着。问寒,在我的内心总是比问暖分量更重。

温暖是棉。不冷了母亲,牵念的心也变得温暖……

作于2013.6.10
修改于2024.1

⑯ 如果你还在

如果你还在，我会陪你下一回馆子，去镇上你常吃馄饨的小店旁边的酒楼对饮，让你请客——先从寄给你的生活费里掏钱，喝完酒后以别的名义加倍补给你。

如果你还在，我们相对而坐。喝什么酒，都听你的。你若喝啤酒，我会右手端着大碗，像你一样食指抠在碗里边，清脆地跟你碰一下，连喝两口，慢动作把碗轻轻往桌上一放。若喝白酒，会学着你，让酒在嘴里停留一会儿，深呼吸后轻轻往外"哈"一下。不让你喝多，但一定让你有微醉的感觉。

如果你还在，我会给你买把你年轻时很想拥有的剃头用的推子——老家话叫洋剪，然后趁某一天我喝到微醉时，让你剪一次小时候你喜欢给我们剃，但我们很是不愿意的"汤瓶盖"头型。

如果你还在，我会邀三五位你说得来的亲友，围着八仙桌边喝酒边听你讲一生的自豪——在县城做石塝的得意，还有作为城里人的施工员叫你"王

师傅"和"老王"时,你感觉很有面子。第二天陪你到县城寻找你做过的石磅,找到了便让你在曾经的杰作边留念。如果被拆了,也默默地陪你在那儿站上片刻。

如果你还在,我会假装认真地听你在家门口拉胡琴,即便再不成曲调,也会起哄般鼓掌,让曾经拉锯和做石磅的大手拉出的音符,因快乐而感染没有音乐细胞的我。

如果你还在,我会陪你到县城寻找你觉得特别舒服,后来一直没有买到的那种样式的软鞋。如果找到了,咱买他好几双存着,而不用再穿你想穿但觉得走路太重的皮鞋。

如果你还在,我会请最长的假,找一辆干净的货车或拖拉机,走一小段便歇息一小时或住一宿,把晕车的你骗到从未去过的杭州,再把你诓到从未来过的北京,我们一起去瞻仰毛主席。

如果你还在,我也会让不识字的你听到电台著名主持人朗诵因你而写的博文——《父亲的剃头情结》《磅师傅老王》《父亲的胡琴》《父亲，一生最倔是担当》，让你感受父亲在孩子生命中的重要。

如果你还在，我会真正体味你内心的孤独和烦躁，痛改对你的不够耐心。会陪着年纪大后喜欢做心电图的你去看病，会听你讲哪儿哪儿不舒服，即使你半天或一个小时前刚刚跟我说过。

父亲，如果你还在，就不用如果。你不在了，已没有如果……

作于2012.10.19

⑰ 与母亲是一生的缘

一直相信,与母亲是一生的缘,只要你心到,母亲永远在家里等你。

不止一次问过自己,我们从母亲孕育生命的疼痛中来到世界后,相伴我们成长、成熟的生命历程里,最珍贵的是什么,最该珍惜但常常不懂得珍惜的又是什么。

我们总是为了忙碌而忙碌,用太多的理由忘却着父亲母亲养育我们的含辛茹苦,总是等到了为人父母、自己的孩子也长大后才开始慢慢感悟至亲一生对我们的心疼,才懂得自责因忙碌而未能更好地心疼我们的至亲。

亲疼,一直相伴在我们生命的每一个成长阶段,只是我们自觉或不自觉。疼亲,却是我们时常的疏忽。在我因父亲母亲而写的博文成册并以《亲疼》为书名出版的时刻,唯有用"感念、感动、感激",来表达感恩之情。

感念。感念现代通信手段对亲情的承载,这么多年,远在千里之外,能与父亲母亲便捷地通电话。很多很多次电话里相聊的往事，不仅是父母与我共同的记忆，后来更成了博文的重要内容。没有无数次的电话，不会有这么多亲情文字。博文集的很多文字，其实是我与父亲母亲的聊天记录。博文成册，不是简单送给不识字的母亲一份礼物，而是表达对母亲的一份敬重。

　　感动。我是在母亲确诊为胰腺癌晚期的当天，打电话给北大出版社的编辑老师，表达了想尽快博文成册，让病床上不识字的母亲闻到关于自己的墨香、看到有她照片的书的心愿。8月23日，接到出版社同意出版的电话，并告诉我争取以最快的速度在我母亲不多的时日里出版。出版社一边组织优秀的编辑加快出版进程，针对母亲病情不断加重的情形，又专门邀请"中国之声"主持人姚科老师朗诵《亲疼》书稿中的七篇博文。8月31日，我从北京赶回母亲病床前，让不识字的母亲在病床上听因她而写的文字。母亲听着朗诵音频，很静很静，听了博文音频后的第二天早晨，母亲说，"昨天夜里想了很多很多，那样的日子都怎么过来的……"

母亲病情加重后，9月10日中午我赶回北京，拿到北大出版社加班赶制出的还没有完全定稿的《亲疼》样书。9月11日我赶回老家，忐忑地推开病房门，刚打了止痛针的母亲，见我走到床前，露出了笑容。"样书拿回来了，有你照片呢！"我让妹妹与母亲一起打开北大出版社用褐纸和红带包好的有母亲照片的《亲疼》样书，母亲既紧张又幸福。

母亲最终未能等到博文集的正式出版，但在病房看到了出版社加班赶制的样书。我们把珍贵的样书和朗诵光盘、母亲生前喜爱的手机等，一起放进母亲的墓里，让母亲带到天堂。为母亲举行简单的葬礼那天，在墓前播放"中国之声"主持人姚科老师朗诵的我为母亲写的博文《母亲，苦乐乾坤》《孝顺，并无来世》，感念母亲一辈子的不易，感激母亲一生为我们的付出。

在今天这个特别的时刻，我很想告诉母亲，你虽离开了我们，但对你的关爱之情还在延续。感动于出版社为我母亲所做的一切，感动于姚科老师真情朗诵，感动于出版社以超常的两个多月的速度出版《亲疼》。

母亲病重期间,同学一成工作繁忙,但几乎每天都会去病房看母亲,在母亲身体允许时陪老人说话。好友建平,上班路上只要有空就会去母亲的病房看一看。太多的同学和朋友关心母亲的病情,让务了一辈子农、一辈子生活在小山村的母亲感受了一个普通母亲的体面和尊严。母亲是在真情关怀里走完了生命的最后一程。

学武此生铭记,母亲去世那天,好友们深夜陪着为母亲守灵,第二天放下一切,陪学武送别母亲。从同学和友亲对母亲的真情里,学武深切感受到了真朋友的一种信守——信守真诚,信守纯粹,信守善良。

感激。在母亲住院的两个月里,老家中医院医护人员对母亲细心关爱,几乎所有的护士都亲切地叫我母亲奶奶。科主任蔡栋伟大夫和病房的医生们每天都给母亲带去鼓励,病中的母亲感受到被关爱的温暖。护士长何菊娟老师几乎每一天都要到母亲的病房里看看,握握母亲的手,给病

痛中的母亲带去温情。护士长还用口腔护理棒给重病的母亲漱口。

感激母亲的顽强。母亲对看望她的友亲都会报以微笑,对医生和护士都会报以感激,不能动时也会弱弱地摆摆手。母亲去世的头一天,神志已不太清醒,醒过来时已经很难受,但我告诉她在宁波和杭州工作的同学赶来看她时,母亲挣扎着睁开眼睛,声音微弱地说:"你们一定要注意身体……"

母亲在病床上几次对我说:"看你为了这个没用处的老母亲,来回跑得辛苦,眼袋都大了。"母亲病情越来越重,只能头靠近她的脸才能听清声音,母亲却说:"别离得太近,我还没有刷牙……"

一辈子心怀感恩的母亲,是在感恩里离开这个世界的。最后的日子里,母亲留恋生命,舍不得离开我们,疼痛减缓时,多次对我们说:"有你们这么待我,有你这么多同学朋友尊重我,我这么个农村老太太心满意足……"

每一个人对孝字,都有自己的理解,都有自己的方式践行孝道,而我不敢言孝。孝是行动,更是点点滴滴。《亲疼》，更多的是记录了父亲母亲对我的有声或无声、有形或无形的影响，也是对自己不孝的检讨和反思。

亲情无华。无论你写多少文字，也远不是母亲的全部。无论你做多少，都远不及母亲为儿女的付出。孝顺并无来世。唯愿天下做儿女的，父母健在时更好地心疼父母。当有一天，父母离开时，我们能在对亲疼的感恩中前行，在信守向善、信守本色中前行。

母亲以另一种方式活在我的生命里，学武以感恩之情铭记，在感念中前行……

注：本文系作者在北京大学出版社《亲疼》出版座谈会上的感恩词，原题为《感念 感动 感激》。

⑱ 传递亲疼,唤起我们潜藏的爱

——北京大学出版社原总编辑张黎明在"孝亲三部曲"出版座谈会上的致辞

各位朋友,下午好!很高兴参加"孝亲三部曲"出版座谈会。我谨代表北京大学出版社,祝贺王学武先生及各位作者的秋收!欢迎各位领导和嘉宾的光临!

去年也是在金秋时节,重阳节前夕,我们中不少朋友曾相逢在《亲疼》出版座谈会上。大家畅叙心怀,沉浸在亲情的感悟与反思中。我至今记得与会者脸上的泪光,记得工作人员临时派发纸巾。我们从每滴泪水中见到太阳的光辉。因为大家内心甚为隐秘的领地被触动了,那就是亲情。那次座谈会之后,一个新的选题便浮现出来,就是今天座谈的"孝亲三部曲"。

"孝亲三部曲"是《亲疼》的扩展版,包括《亲疼》(第2版)、《亲缘》和《亲享》三本书。读过《亲疼》的朋友有一个共同感受,就是作品近乎白描的语言,平淡、朴实,却有一种摄人心魄的力量。学武把稀释在日复一日、年复一年的时间长河中，掩藏在柴米油盐、家长里短的平淡生活中的人生最宝贵的亲情打捞、提炼出来，让我们看到平淡生活中真正醇厚的东西，而这些恰恰是我们所忽略、遗漏的。再版的《亲疼》增加了百名读者的"亲疼"感悟，版面设计更加体现亲情感念，相信会感染更多读者。

《亲缘》是学武的新作，收录了新近发表的感念亲情、乡情、友情的博文，文字依旧朴实而动人。

《亲享》是来自不同领域、不同年龄、不同家境的32位作者的文章汇集。言为心声，是学武拨动了他们的心弦，以至于他们不得不说，不得不表达。大家的写作风格各异，有激昂，有哀婉，有粗犷，有细腻，但有一点是共同的，那就是对亲情的珍视。

发生在图书背后的故事，令阅读变得更加神圣，更加美好。当年迈的母亲对你说她疼你时，你会真真切切感觉到疼。这种疼可以传递。由一年前

的《亲疼》到现在的"孝亲三部曲",就是这种发自心底的疼的传递的结果,由此唤起我们潜藏的爱,并传递给更多的人。

感谢今天到场参与讨论,以及对"孝亲三部曲"出版给予关注的各位朋友。我注意到,这是一个跨媒介、跨领域的主题联动。刚才聆听两位主持人的精彩朗诵,再次体悟了亲情的至真魅力。当今世界正处在转型关头,多种文化激荡交融,"孝亲三部曲"及时提醒我们亲情的永恒意义,从一个角度回答了这个时代的关切。祝愿座谈会圆满成功,期望这部作品惠及更多的读者。谢谢大家!

作于2013.10.11
修改于2024.1

⑲ 亲情在，心有方向

每个人的生命里，都有一种相伴一生的情结。

从来到世界那一刻起，我们的生命便与一种叫血脉的情愫相连。无论你走得多远，在梦想的天空飞得多高，那根叫亲情的丝线，总是远远地，或者近近地，牵着你的心，而那根牵着你的丝线，很久很久以后，不知不觉中又会牵着你生命的传承。

一年前，也是重阳节前夕，我的感念父亲母亲的博文辑录《亲疼》，由北京大学出版社出版，没想到这样一本在特殊情形下出版的平实记录亲情的文集，继博文受网络读者关注后，再次受到大家的抬爱。

我于2011年10月开始写亲情博文。博文大多讲述的是不会讲大道理、连名字也不会写、一辈子生活在小山村的父亲母亲的艰辛和向往、担当和幸福，以及不经意间对我心灵的影响。去年8月，母亲不幸被确诊为胰腺癌晚期，我向北大出版社表达了博文尽快成册出版、好让不识字的母亲能在不多的时日里闻到关于自己的墨香、看到书里有她照片的心愿后，出版社倾情支持，以最快的速度出版了博文辑录《亲疼》。母亲虽最终未能看到《亲疼》的出版，但在病床上看到了出版社不到两个月的时间里赶制的有她照片的样书，生前听到了出版社邀请中央人民广播电台著名主持人姚科老师朗诵博文的音频。博文成册，于我，不是简单送给母亲一份礼物，而是表达对不识字母亲的一份敬重，让一辈子生活在小山村的母亲，在生命的最后日子，感受一个普通母亲的尊严。

《亲疼》的出版引起了来自各方的关注、鼓励。北大出版社专门举行了"亲情无华，孝顺并无来世——《亲疼》出版座谈会"；中央人民广播电台中华之声《文化时空》以连续两期的篇幅播出重阳特别节目——《亲疼，唤醒我的孝心》；中国之声《千里共良宵》节目，以"亲疼"为话题播出听众互动节目；《新闻出版报》以"《亲疼》平淡如水中揭示亲情孝心真谛"为题作了报道，人民网、新华网、中新网、新浪网、腾讯网和《检察日报》《京华时报》等众多媒体给予关注。学武心存感激。

《亲疼》，受到关注和大家的抬爱，让我深深感受到，亲情，是世间相通的。有网友评论道："是守护，也是救赎。不仅为母亲，也为自己的灵魂。天上人间，两个世界的凝望、祝福。""王老师的博文就像一面镜子，反射着我的种种言行，提醒着我珍惜家人、珍惜亲情。""亲情无华，孝顺并无来世，看学武老师的博文，总是很感动。感动之外，还有感谢，感谢学武老师用他发自内心的文字和行动提醒我们该做什么。""学武兄的亲情感受，说明这个社会对至亲的挚爱没有消失，血还是热的。""感受《亲疼》，暖，便在这个秋日的下午一点点漾起来。""读博文，泪眼蒙眬中似乎看见了自己八十岁的老母亲，拨通电话，传来妈妈的声音，慈祥亲切，有母亲的孩子都是幸福的，唯愿这幸福源源不断。""至今不敢动手写母亲。母亲走的前两三个月，心被掏空了一般。母亲走的一年里，一说就情不自禁流泪。如今母亲已走了十多年了，她的音容笑貌还总在眼前。谢谢你为天下儿女记录下的真情。""每一篇文字，每一条微博，

都用心看过，感动着，也在后来那些日子揪心和祈祷着。王老师的文字在带给我们感动的同时也在提醒我们：尽孝要趁早……""朴素的孝道，远胜过那些沽名钓誉所谓的'善行'。""放慢脚步，静一静，停一停，用心去体味——生命里的至爱亲疼。"当我读着这些真挚的评论时，当我得知浙江余杭三角村举行《亲疼》读书会时，当未曾谋面的老师告诉我，学校在课堂上放了《亲疼》的音频时，心被感动。感动的是，每个人的内心都有表达或未曾表达的情结。亲情，成为相识和未曾相识的读者朋友的心灵之缘。

更让我心怀感恩的是，北大出版社在《亲疼》出版刚刚一年之际，又再版《亲疼》，同时出版我的第二本博文辑录《亲缘》，并邀请我主编由32位来自不同领域、不同区域、不同年龄作者的文字构成的亲情文集《亲享》，以此构成"孝亲三部曲"，在重阳这样一个特别的节日献给读者，献给和我母亲一样普普通通的父亲母亲们。

我们每个人都是在生生不息的亲疼、亲缘、亲享的亲情传承中成长、成熟和慢慢变老,每个人最终都要面对亲人离去那一刻生与死的纠结,或早或迟自己也会有离开世界那一天,问题是那一天到来之前,我们如何做到能拥享更多一些幸福、更多一些美好,能更少一些愧疚、更少一些遗憾,而那一刻到来时,又如何做到可以更少一些眼泪、更少一些感伤。

  一个人来到世间的第一份也是与生俱来的情感,是亲情,而所有的友情、同学情、母校情、乡情,乃至民族情、祖国情,都是从亲情出发,或者由亲情延伸。切肤的亲情,无需回忆,就在我们的骨髓,与生命同在。

  乡情是亲情的延伸,祖国情是乡情的升华。感念亲情,会让我们不忘自己从何处来。很难想象,一个对亲情都不在意的人,会有很深的家乡情;也难想象,对家乡都没有深情的人,会对自己的祖国有感情;更难想象,为父亲母亲做点事都嫌烦嫌累的人,会很用心、很真挚地待朋友,会如何得不怕困难、不辞辛苦地工作。

　　亲情在，梦有翅膀，前行的路上更有力量。亲情在，心有方向，每一个日子，都会从幸福出发！祝愿孝亲之情在更多的朋友心田传递，而不仅仅是在敬老节。祝愿"孝亲三部曲"原汁原味的心性表达，能够让我们一起回归亲情、回归人性本源，重拾生命里遗落的亲情，救赎正在淡漠的灵魂。

　　谢谢包涵并支持我的读者朋友，谢谢各位，谢谢北大出版社。

注：本文系作者在北京大学出版社"孝亲三部曲"出版座谈会上的致辞。

作于2014.11.28
修改于2024.1

⑳ 感恩——用老家话说,"记长性"

很少留意具体哪一天是感恩节,但这个周四,从早晨开始就收到了一条又一条感恩节的微信和短信。

也很少刻意去想"感恩"两个字,但驻留在生命里或父母或乡亲或朋友予我的恩惠,却是滴滴点点的沉淀和融化于生命里温暖的自觉或不自觉。读着问候感恩节的短信,沉淀于心的生命受到的恩惠的感动,朝心头涌来。

感恩父母。父亲从未给过我一次拥抱,甚至两个男人间的握手都未曾有过,但父亲留在我记忆里的温暖,是带着年少的我去山上砍柴。砍柴,四捆为一担,各两捆绑在一起,分在柴担的前后。父亲总是在砍了三捆时,见我砍得比他慢,就会先过来帮我砍几大捧,看我够四捆,帮我整了柴担,再给自己砍还没砍够的柴。父亲整的柴担,总是整齐好看,我挑着回家时常会得到村里人夸奖"今天的柴好俏丽",而我也有几分神气的感觉。

父亲晚年身体不好,不再出门去做石磅,但我

每次回家过年返回时，不管家里的火腿多大多沉，父亲总是希望我整条背回北京，而我们总是嫌火腿太长或太重，要么逼着父亲把火腿上的肥肉多切掉些，要么把猪蹄跺掉。那个时候的父亲，总是叹一口气，今天想起来，定是父亲不易察觉的失落。

而对母亲，只是在她病重住院的时光里，第一次，也是在老人生命最后一段时光里才握过她的手。母亲留在我记忆里的事太多，但同意让初中毕业已务农两年半后的我再去读书，是母亲艰难而果敢的决定。正是母亲的决定改变了我此生的命运，但母亲到离世前，还特别满足于我工作后本是该做但远未做好的对他们生活上的照顾。母亲逢人便说孩子如何如何对父母好。

感恩健康。母亲在父亲离世两年后辞世，老人是在忍受了巨大的病痛后离开了我们的。看着母亲忍受疼痛的折磨，我无助地说："要是能代你痛多好。"而母亲却责备我："说傻话，我一个人痛就够了，你们别痛，要长命百岁！"母亲忍受的折磨，我至今难以忘怀，也因此更深切感受健康对生命、对生活多么重要。告诉自己，身心健康才是对母亲的不辜负，身心健康才是所有幸福的前提。

　　父母走了，把健康留给了儿女。我曾在《你有多幸福，其实自己并不知道》的博文里，这么记录对健康的真切心理：每一天，你睁开眼睛，拍拍自己的脸还活着，有的人会毫无感觉，有的人会很庆幸，生命健在，感恩生活。简单如每天的上厕所，有的人视为生活的习惯，有的人会感念新陈代谢的正常流转，感激生命的恩赐，正常的新陈代谢保障了一日三餐的美好享受，规律性的代谢会带来排山倒海般的畅快。即使简单如小便，有人会觉得声音美如音乐，大珠小珠落玉盘的愉悦，要知道有不少人新陈代谢困难，有的靠定期透析和化疗来完成代谢功能。再如几乎最寻常最没有感觉的走路，有的人常在公园漫步，有的走路上班，有的喜欢走路去购物，有的人深感能走路实在是一种幸运，而有的人稍微多走一点都会嫌累。但是，当你感受了坐在轮椅上的人连站起来都成奢望，当你看到瘫痪在床的人渴望走路的眼神，你会觉得命运多么眷顾自

己,能走路是多么幸福。

感恩真情。父母曾经历家里房子失火后生活的艰难,在走投无路的情形下,同村的让成伯伯和银香姆同情我家的遭遇,将他们家一幢房借给我们住了一年。

一直感念给予过母亲帮助的乡亲,也因此每次回老家都会去看看邻里。也特别感谢曾经买了肉和豆腐,替我给从未过过重阳节和母亲节的母亲送去的同村同学,更感激十多年前背我母亲去老家医院做腰椎间盘突出手术的好友。母亲不幸摔倒,又是一位好友推着轮椅带她去检查。母亲住院的日子里,不管我在不在病房,太多的友亲去看望她,母亲感受到了一个农村老人的尊严。

感恩机缘。一直认为,缘是一种奇特,又是生命里的最寻常。相逢是缘,相聚是缘。亲情、爱情、友情、乡情、事业情,都是缘在此生,你唯一能做该做的,是倍加呵护、倍加珍惜。我曾在《打不通天堂的电话》的博文里,这样记述自己对亲缘的感悟——"所谓孝道和孝顺,只是父母活着时的一段亲缘,并无前世,也无下辈子。因血脉而来的亲疼,只是今生的机缘,那个熟悉到忘不掉的号码提示你,感念,不是感伤。清明,为逝去的亲人扫墓,只是清新你的灵魂,让我们的心灵更柔软,前行更有力量,而那个号码,不必再打。"

感恩相知。缘分,随处可遇,但投缘不易。而所谓投缘,实质是相识或不曾相识的人们心灵间的相知,是相逢或未曾相逢的两颗心因相近而心灵相通。

从未见过《俺爹俺娘》作者、摄影家焦波老师,但未曾谋面的焦老师在看了我的博文《(没)看见》后,写下了真挚博评——"母亲是等着我回去才咽气的,她想再看我一眼但未能把眼睛睁开就走了。这成了我和母亲共同的遗憾。我经常做梦梦到母亲,大都是母亲年轻时候的模样,很少或者几乎没有母亲病重的样子,也许天地相隔,母子心中都保存着一份美好!——赏学武弟亲情美文有感"。

感恩生活。很多年里,在我的老家威坪农村,"生活"既有过日子的意思,更有特指的涵义。"生

活",土话里更多的是指有手艺、有特长的男劳动力,在外面找到的或修路或挖土方或造房子或装修等带有小工程性质的活计,因此,有"生活"做,于上世纪七八十年代的农村人来说,是多么让人羡慕。没有"生活",也就意味着没有了钱的来源。我在《借钱记忆》的博文里有这么一段文字记述:

> 借钱,于父亲母亲,是借生活,借的是生活的延续;于我,借的是希望的支撑。条件稍好后,母亲把所有欠人的钱都还了,但借钞票的痛和窘,不仅深刻在母亲的生命里,也烙印在我的记忆……借钱,教会了我珍爱生活。感谢因为不知道父母什么时候能还而没有借给母亲钱的亲戚,他们让我懂得生活艰难时承诺可能会被质疑、信用可能会被打折扣,而在生活困苦时坚定信念、不管多难都必须兑现还人钱的承诺何其重要。因为如此,工作后我努力做到让父母别再为钱着急,尽力确保他们踏踏实实感受生活有保障的幸福。

感恩简单。经常遇到刚毕业或工作不久的年

轻人聊他们的理想、抱负或职业规划，我很少鼓励他们去成为一个专业上的"大家"，尽管过不平凡的日子是很多人的梦想，但这世上能真正拥有巨大财富、一帆风顺身居要职的毕竟是少数。大多数人挣着一份打工的钱，或做着一份小职员的工作，或者做点小生意做个小公司的老板。我因此建议年轻的学子，要成为做事专业的人，而不一定个个成为"大家"。事业上能升迁最好，升不了也别过分纠结。职业上的升迁这样，挣钱更是如此。在平安的前提下，能多挣更好，会让生活更有品质，挣不了也别郁闷。积淀后的简单，会让你变得更厚实。而简单后的更专业做事，会让你理解，比钱更重要的是值钱。

  感恩活着。每个人从来到世界那一刻起，已经开始以加法的形式做减法，而无论加法或减法，只有在你活着的公式里才会做得有意义，才会做得丰富而出彩。活着，是生命最幸运的事情，是所有诉求、所有幸福无以替代的前提。我在《亲情在，心有方向》的博文里曾经这么写了活着的意义：

我们每个人都是在生生不息的亲疼、亲缘、亲享的亲情传承中成长、成熟和慢慢变老，每个人最终都要面对亲人离去那一刻生与死的纠结，或早或迟自己也会有离开世界那一天，问题是那一天到来之前，我们如何做到能拥享更多一些幸福、更多一些美好，能更少一些愧疚、更少一些遗憾，而那一刻到来时，又如何做到可以更少一些眼泪、更少一些感伤。

感恩父母，感恩健康。感恩真情，感恩机缘。感恩相知，感恩生活。感恩简单，感恩活着。心怀感恩，你便会是幸福满满的人。唯有知恩，你才会懂得感恩，才会心有敬畏，才会在平凡中拥享因感恩而带来的属于自己的生命传奇。

感恩——用老家话说，"记长性"，是心性的向善，更是做人的文化，而不仅仅属于感恩节。

心之情

作于2022.11.20

❶ 心思奏

一生不言愁　　多少英雄能够
谁为谁作词　　谁比谁真心无忧
月夜立溪畔　　就让蛙声定平仄
故地忆故人　　一瓢山泉洒心头

隔空谁唤谁　　天涯咫尺两尽头
欲说咋还休　　有眠夜梦里等候
岁月作剧本　　谁在时光里想谁
并无下辈子　　何必心事悠悠

谁用心思写手记　　无声弹奏
情结穿过了沧桑　　想心事说透
记得否 那年那月　　那日的离别
我哽咽你泛泪光　　却都不回头

我在用今生感念　　文字写不透
说不清谁更情重　　却都绕开愁
长句短词又何妨　　情深处无言
到底谁离别谁　　遥望当聚首

作于2022.4.19
修改于2024.1

❷ 独 雄 者

谁喜欢独来独往
你心头的咏叹伴你的无题你的期望
无需记忆当从容
你泛黄的相册你的赠言和你的雄风

谁们说要用故事应答那远去的传说
缘何独雄者从不把孤独当情感戏说
不完美也不凑合不求全也不问谁错
孤独孤单孤勇的所有何须刻板允诺

怪你独自到远方怨你不说别来无恙
怪你只与孤独较量不肯让自己退让
怪你夜深孤单时只让东风破来做伴
怪你裤子破了干脆撕成喇叭逍遥样

酷吗径自吼一声
孤单远去孤独远行唯孤胆做伴孤梦
炫吗放怀歌一曲
你发现自己用安静将故事淡淡记叙

这一生谁可以戒了孤独留下英雄气
这一世谁能够浪迹天涯后回归本意
怪你不跟命运低头又随命运走四方
怪你从未走失自我却不懂自我表扬

　　　　谁的斑驳更荣光
时光里的时光有记忆还是蕴含希望
　　　　怪我带诗情远行
却是走了好远依旧炼得一颗凡人心

作于2023.10.3

❸ 客 非 客

  人们总说每个人都是这世上的过客
客居他乡客游远方独梦里不知身是客
客路青山外行舟绿水前唯日暮客愁新
 新秋爽气溢新诗盈道路清韵似敲金

  金粟栏边见月娥，月娥问客何处来
来试人间第二泉，水光翻动五湖天
天门中断楚江开，千帆竞舞饰人间
间行间坐云和水，是客非客在情怀

  怀想西湖一树冰，有谁人似此花清
清溪一道穿桃李，演漾绿蒲涵白芷
芷风掠地秋先到，赤日行天午不知
知有江湖杳然意，扁舟应许共追寻

  寻常凡木最轻樗，今日寻樗桂不如
不如说茫茫人世间本没有什么救世主
主旨是不是那一句奋斗才能换得幸福
 福祉可是出世还入世，莫将时光负

作于2023.12.4

❹ 年　　年

那年暖阳穿过半个城落在我心上
悠然的树影投射得好长好长
微风吹落了诗句里的感伤
留给记忆各自的模样

离别的人彼此道保重
重逢的人说我们都好好的
那年好遥远遥远得记忆放空
那年像是把所有的承诺都加了锁

那年已成从前你是否还记得那年
那年从前和未来放在同一天
天好蓝蓝过我见过的大海
定格的时间醉了人间

这些年里你都还好吗
那年起我记得你每一点好
慢慢懂了你若安好便是晴好
我心安处时常记起你的好可以吗

天涯咫尺或咫尺天涯是心可遥望
近或远只需道一声别来无恙
距离从来就不是问题对吧
无论何处心都可抵达

作于2023.11.19
修改于2024.1

❺ 展卷清新

执一缕风
无论南北西东
是为修炼此生一份从容

心跳之声掩映时光之针
当梦嵌入夜深
有眠见证

温暖时辰
构筑岁月之城
轻声道一句我亦是行人

岁月和时光交织出剧本
星辰最懂脚本
唯念无痕

清新展卷
来段戏说简单
世间的自然皆人间喜欢

作于2023.9.7 / 2023.9.8

❻ 何以放·何以扛

何以放

何以放。凡人平于凡。平凡相,盖众生相。无我相,有我。有我相,无我。无我相,有我相,皆我相。

所以放。彼人放。鄙人放。放下当放。放怀,放开,放心相。放之四空,皆放。当放则放,放则当放。

皆以放。疗愈治愈自愈,放愈。人间事世间事,事事事体。有心有事,无心无事。何以放所以放,皆以放。

当放则放，放则当放。

何以扛

何以扛。谁予斑驳,径自远方。孤者勇,慎独。雄者独,慎行。孤者勇雄者独,雄风亦画风。与孤独较量,不肯让自己退让。一声别来无恙。

所以扛。彼日扛,此时扛。扛起当扛。扛起,扛住,扛者样。当扛则扛,扛则当扛。不戒英雄气,是为浪迹远方。从容作自我表扬。

皆以扛。慎思慎言慎欲,慎微。事无巨细,确有大小。须勇须谋,谋者慎勇。不完美也不凑合,不求全却可自省。何以扛所以扛,皆以扛。

当拉则拉,拉则当拉

二〇一三年九月七日蓝武书

作于2023.12.3
修改于2023.12.16

❼ 把时光深情拥有

有谁能说得出来
是岁月成就了年代
还是年代在写意着岁月

有没有人能感觉
是时光在编织着岁月
还是岁月在时光里成长

有没有人可以说
这世间唯时光可容错
如生日将时光又双叒叕

谁都曾经有过十年寒窗
那时觉得时光好漫长
如今常忆青涩郎

工作后我们珍藏了梦想
做具体事为练硬翅膀
没太多时光迷惘

渐渐懂了虽然懂得很慢
珍藏着的理想很丰满
现实真的很骨感

后来我们成家有了孩子
工作开始慢慢压了担子
心里在意的远方成了诗

孩子大了我的父母老了
想起应该好好孝顺他们
父母却不想来麻烦我们

我们在奋斗在成就人生
变老的父母亲忽然病了
除了电话却不能陪他们

难过的儿女在心里自问
这般努力算不算孝顺
父母在远游对吗

我终没能拉住老人的手
岁月传递给我们的手
唯把时光深情拥有

天堂里的你们都还好吧
我们珍享着秋冬春夏
远方的你放心吧

岁月因轮回四季而美丽
时光因循环平凡更写意
日子因简单快乐富真谛

作于2019.11.9
修改于2024.1

❽ 本来平行两个人

心地交互了心地
你中有我我中有你
此生珍重着彼此的平凡
关心常是无需表达的在意

你我皆是平凡人
一起过着生活的真
每个节日你习惯了筹划
每样厨艺都表现得很认真

很少有蜜语甜言
但谁病了都会挂牵
白发已染了你我的两鬓
却偶尔举杯致敬逝去的光阴

本来平行两个人
因为缘分交集半生
我们彼此都不习惯许愿
只愿相伴的你每天平平安安

此生与你相伴
最是守护团圆

子居我书 二〇二〇九八

作于2022.3.27
修改于2024.1

❾ 最有效的自愈叫时光愈

这世上有种疗愈叫自愈
每个人都有一本守则疗愈
烦恼苦恼忧郁忧伤莫怕
失意失望失眠放马过来吧

自愈顾名思义叫自我疗愈
不懂自愈你会愈来愈受伤
谁都有可能受伤不必紧张
生活教我们不少方法自愈

先把自己的症状描述清楚
身体有恙还是心里不舒服
该去看医生时你不能不去
若原因自知就可自我疗愈

先问问自己最想要什么
再问问自己最不想要什么
接着问自己你从哪里来
再问你自己到哪里去好吗

问了根本问题就不用着急
再聊聊心情千万不要回避
是不是老觉得郁郁不得志
或者感觉英雄无用武之地

再说说是否常遇到不公平
是不是老感觉有人压着你
总认为别人的想法不如你
所有的人都不如你有水平

缺乏安全感的人常会焦虑
对自己缺乏信任就会多虑
在意的东西太多纠结就多
纠结多心结自然就会变多

想不想做守护心情的太阳
让阳光照进你自己的心房
好心情最终要靠自己涵养
咱开一个疗愈清单怎么样

首先，先安静听别人说话
其次，让对方听懂你的话
再次，试着做到平等沟通
把换位思考当平等沟通的钥匙吧

第四，改改自以为是的习惯
习惯自以为是会对谁都不以为然
自以为是惯了会觉得别人都不在话下
要改变自私自负试试客观看待自己吧

第五，别太不把别人当回事
心里不要怕别人不把自己当回事
如果什么时候都忒把你自己当回事
长此以往心理不出现落差那才是怪事

第六，正视每个人都很渺小
明白自己是一粒微尘心情会变好
自己能做且能做成又做好的事不多
离开环境和平台或许我们啥也做不了

好吧自愈重要的是靠自己
修心就在生活的点点滴滴
自信可取但太自负不太好
千万别假正经也别假清高

爱人才懂人爱你肯定都懂
心里尊重别人才会被尊重
人生不如意之事十之八九
学会自愈才会活得更从容

最有效的自愈应叫时光愈
试着学会让自己变得有趣
若能三日一省心境定会好
和灵魂相叙写写手记自叙

作于2023.11.21

❿ 你是不是在修炼有趣的灵魂

你有过吗囊中羞涩的淡而不定　　囧囧囧囧
你有过吗流汗流泪的又疲又惫　　难难难难
你有过吗举目无亲的无奈无助　　喊喊喊喊
你有过吗爱了分了的真情迷茫　　痛痛痛痛

有没有过熬夜创意的想破脑袋　　飒飒飒飒
有没有你不下地狱谁下的决绝　　神神神神
有没有过又纠又结的内心怯懦　　怕怕怕怕
有没有过居无定所的他乡漂泊　　真真真真

每个月需要还房贷的日子　　需要自我超度
漂泊他乡解读着诗和远方　　这是另类幸福
求职的经历只为打一份工　　品位出自磨砺
学做老板有时要勇于转型　　尊严来自实力

跌倒了就要爬起来，你敢不敢从头再来
若不奋斗哪有未来，你看未来分明已来
跟自己过招，是不是在修炼有趣的灵魂
经历的经历，是让你我平凡中凝炼情怀

闯闯闯闯　一生当个老百姓没什么不好
提提提提　提成个领导又有什么大不了
戒戒戒戒　戒什么都行就别戒了寻常心
过过过过　跟自己过招最终为自知之明

作于2022.2.27

⑪ 书　　情

懂了解了心头的些许疑惑
放了没了心思的一些非蛊似蛊
学着悟着自己有着太多的不足
承认确认自身逻辑里出现的错

有人说世间有两种书要读
一种是说古论今以史为鉴的书
一种是你每天经历的真实人生
书中故事人生的道理靠自己读

读书厘清你与世界的情愫逻辑
有一天你能读懂人生才有意义
客观看待自己才懂生命的本真
读出自己渺小才会活得真

书读不完但生命旅程终会走完
把两种书融会贯通读并不简单
这世间所有的书都是有情怀的
用真心才能读出情怀蕴涵

放了没了心思的一些非蛊似蛊
书中故事人生的道理靠自己读
当你读懂人生才知读书的意义
这世间所有的书你都不会白读

读书可以让人保持思想活力，让人得到智慧启发，让人滋养浩然之气。

习近平总书记语

居然敬录

作于2022.3.20
修改于2024.1

⑫ 时 光 晒

借两瓣天外的灵感
一瓣做创意一瓣做桅杆
创意写实人间话剧
桅杆悬挂旗帜出海扬帆

借两瓣天外的灵感
一瓣做话题一瓣做梗概
写个故事就当千年抒怀
编成剧本可以简单

就让那时光把这剧本晒
晒了沧桑晒出主线
生生不息相传代代
爱恨千年唯求复兴迁变

就让时光把剧本晒
把台词风干只留下人设
中国人欺负不得的
就做高潮部分主角对白

借两瓣天外的灵感
一瓣做话题一瓣做梗概
就让那时光把这剧本晒
生生不息相传代代

作于2017.1.4
修改于2024.1

⑬ 最是人间修为中

霾缘亦萌
天地一色作画风
远近高低共蒙蒙

沧桑墨重
一街口罩做屏风
霾雾交集情似浓

风无行踪
雨在旧梦相思中
盼雨盼风心事同

严重严重
此严重非彼言重
看预警笑把肩耸

醉了朦胧
前行何须诉情衷
天上人间尘缘共

美是相逢
此匆匆融彼匆匆
看不清时宜从容

霾亦警钟
敬畏自然不是梦
最是人间修为中

最是人间修为中

二〇二三年十一月三日 居戊書

作于2023.10.25
修改于2024.1

⑭ 人，只有不完美值得歌颂

  人，时常遗憾时常只有不完美
只有不完美的沉淀，今世变得值得
值得有意无意记得，是对人生的歌颂
歌颂时间的风里遐想还有雨里学从容

  容我回味，这些年里曾漂泊的泪
泪目时，不一定全都是内心的伤悲
悲伤掠过，是感怀相伴又遗落的温暖
温暖在时光的回望有时是前行的简单

  简单的人，平凡又总努力在平凡
凡为平凡，平于凡又修炼着心不烦
烦心的事谁没有过呢，只是当放则放
放则当放是你真心懂了何以放所以放

  放怀清新，柴米油盐里也可创意
意想不到里，或有诗和远方的惬意
意识到并懂了，不只风花雪月才是景
景色景致景象最是简单而快乐的前行

人只有不完美,值得歌頌

作于2019.8.30
修改于2024.1

⑮ 多晚出发都不迟

想明白就出发别说太迟或太晚
莫让梦想只在梦里来回辗转
朝着目标的方向指定重要
就算你走过很长一段路
纵使有过多少的苦楚
确定前行便是正道

多晚出发都不算迟
当方向成了你的意志
当目标引领着你的前行
多远的路程你也不会怕远
再小的事也要学会认真去干
你会用前行的力量温暖你的心

霓虹灯下城市变幻着迷人街景
汗流浃背悠哉悠哉炼你凡心
不是说好的前行都不出错
未必付出一定就有收获
做一件事或爱一个人
重要是做自己想做

成长的路或有崎岖
成熟历程可有过唏嘘
你发现生命里有了故事
你感受人生原来多彩多姿
信不信生活都不会从头再来
只有每天的出发才让人有情怀

作于2019.10.23

⑯ 我喜欢你快乐的样子

一地金黄
原来是时光
落叶说你未必懂我的温婉
我只是让风飘落你对岁月的惆怅

二重情丝
惊喜中相思
时光说每年此时是收获季
秋天说我喜欢的是你快乐的样子

三秋之隔
牵挂饰快乐
秋用金色扮人间从未变过
你的心情暖了这景致也就亮了

四季如歌
思忖莫羞涩
远方的秋问你何时来看我
你说你心里怕把攒着的相思惹

作于2019.12.16
修改于2024.1

⑰ 等下雪·下雪了

等下雪

小时候
喜欢下雪
是因为男孩可以打雪仗女孩可以堆雪人
随手捏一把雪球远远或近近地掷向你的头
心里喜欢调皮或慈祥就把雪人堆成什么样

长大后
盼着下雪
是因为下雪让整个世界变得一样的洁白
村里人说瑞雪兆丰年城里人抓拍浪漫情怀
这一年里如果没下雪会觉得时光完美不够

曾以为
只要在北方
每年就可以看江南很难见到的大雪纷飞
可这些年常常南方的老家山村早早下了雪
久居京都的人还在盼着雪把干燥空气抚慰

等下雪
这雪是感觉
融了繁华都市的每个角落进入一份恬静
我们的灵魂仿佛都回归遗落着的一份洁净
不管你是不是真忙碌过马路时都走得慢些

作于2019.12.16
修改于2024.1

下雪了

下雪了
世界洁白了空气湿润了
骑单车的人小心翼翼快乐了
我们约定的一起去故宫看雪景的梦复活了

太久了
看雪景的相约不记得了
嗓子莫在干燥的空气里干咳
关于下雪的期盼成了冬天里最奢侈的快乐

开心了
这一次雨下着雪飘落着
星期一早晨坐地铁的人多了
空气清新了嗓子舒服了人们用手机拍快乐

收到了
下雪的早晨收到微信了
你说前天递去的书已经到了
生活的快乐一幕幕地跟雪景一起被储存了

作于2021.11.9
修改于2024.1

⑱ 硬核人生

这是一个从辉煌走向辉煌的时代
你我他皆以创新阐释什么叫出彩
每个人都明白
前行的困难只有前行才能解决
发展的瓶颈只有发展才能超越

这是一个硬核技术辈出的时代
硬核力量云涌是为了拥抱未来
人类漫步太空
以特别的方式阐释什么才叫从容
创新自信解读着中国的硬核行动

人生经历过一次次磨砺才能成长
哪怕遇到雨雪霏霏也要追寻阳光
你听这硬核句子
无限过去的无限依赖最新算法
广袤未来的未来皆从当下出发

每个人都在修炼着自己的成色
你懂的成色决定未来是否出色
硬核人生看什么
我们读着书走在前行路即是风景
你的格局你的力量都来自于内心

作于2023.11.30

⑲ 要做的事就要做好

　　想做的事总要做的
　　要做的事就要做好
要做好的事应努力做到极致
致意做事的用心和过程无私

无私，其实是一种最大的私
私下说，无私实为无欲有求
求得更多理解获得更多支持
持恒心必自律做事倾心所有

有人说，真情做事自带力量
力量，绝不是想法挂在嘴上
上一次创意获赞这次莫照搬
搬出嘴上资源不如自己实干

干成干好一件事已真心不易
真心不易想每件事都要做好
　　好人做好也不容易
　　容易的谁都能做好

作于2022.3.10
修改于2023.11.16

❷⓿ 学会说不字,但别什么都说不是

不可以不相信自己
不可以只相信自己
不可以不听自己的
不可以只听自己的

不可以不在乎自己的感觉
不可以只在乎自己的感觉
不可以什么事都苛求自己
不可以什么事都放任自己

只在乎自己的感觉叫自私
感觉自己什么都对叫自负
只把自己的事当事太自私
太不把别人当回事太自负

不可以不参考经验
不可以凡事唯经验
不可以想事太主观
不可以做事没主见

人生要学会说不字
但别什么都说不是
做人一定要知道自己渺小
但不可以做事学投机取巧

作于2023.11.20

㉑ 每天都要快乐一点

秋去冬来从不曾变
平凡的平致意平凡的凡
一天又一天是平凡循环
安好啊一年又一年

平凡人也有平凡的梦想
汗滴济沧海润桑田
乡思抚了他乡窗前
写一阕过往当梦想回放

时雨饰春夏阳光暖秋冬
就以简单写意勤勉
奋斗中把快乐体验
听生物钟唤醒幸福时空

谁能以画风解流年
记得否自己想要的样子
唯有前行抵达远方和诗
每天都要快乐一点

作于2023.11.16

㉒ 每天，我们都在时间流

人流　物流　车流
每天我们都生活在时间流
热流　汗流　泪流
谁不是随情感流在往前走

寒流　暖流　潮流
一生不言愁多少英雄能够
泉流　水流　河流
无论今生今世多少路要走

涌流　畅流　奔流
历史长河里我们传承历史
急流　湍流　洪流
只为修炼人们本真的样子

气流　电流　激流
做一个怎样的自己才无忧
细流　溪流　清流
走失简单的自己最不能够

作于2023.11.4

㉓ 好心也应防坏报

不是所有的好心,都会被人接受
也不见得所有好意,都被感同身受
不是所有的好心,都一定会有好结果
也不是所有的好意,都一定会结果不错

有时候,我们总是忘了一个最简单事实
每个人想要的,未必都是一样的样子
你要的未必我想要,纵使用意再好
你不要的,于我心性未必不重要

学会捋捋善意也可能有的副作用
自以为对人好有时未必有正向作用
好心可取但过于好心未必一定有好报
有意无意人时常是贱骨头此等例子不少

对人好从来无错,但不应该让善行背锅
善良可取,但善行结果无良就得自省
一件事如具有三个善义就可以去做
一件事如果有三个坏处千万慎行

凡好心,未必一定是为了图好报
但好心好意付出有谁会愿意有坏报
好心没好报莫怪别人,是自己的问题
吃一堑长一智,也就升华了善良的意义

作于2021.12.24
每句均摘自2021年写过的手记
修改于2024.1

㉔ 待时光好一点，岁月就会浪漫一点

坐高铁去看湖
别让命运流浪
离别是感念又双叒叕

做自己的王炸
用寻常写岁月脚本
安心的人，活出了自己的喜欢

伤非伤，泪非泪
时光飞，岁月醉
修得心思伴流水

你真世界就真
写下一句今世度今尘
现在怎么样决定了未来

我们总是忘了待自己好
自己好才能待爱的人更好
人活一世不要总等别人的安慰

没有人能够比你更懂自己
世上的人，谁没有过伤心和失意
活在地气里，用不着刻意接地气

看书喝酒听歌浪尽孤独
每一个日子都是生命的音符
一笔一画心一虐已是生命自觉

和努力后的自信共情吧
比钱更重要的是值钱了
幸福能感同快乐是可以共享的

因为想所以念因为想念所以思念
我只想在那片山水间深呼吸
那山那水那首歌滋润在心里

谁都不能保证每天都健康
但可以珍惜健康的每一天
天亮的声音是又出发的前行

时光即我岁月懂我
命运一阕一阕写着歌
缘分一程一程连成句

待时光好一点
岁月就会浪漫一点
待自己温情一点每天就快乐多一点

作于2023.8.2
修改于2024.1

㉕ 致生而平凡的我们

走一程远方，感受作诗
有所谓，却一副无所谓样子
嫌远方不够远，任感觉跌跌撞撞
把长大当成熟，就让憧憬编织远方

每一程都愿意有收获，得失怎么算
走过经过对过错过，喜忧或参半
远近高低的旅程，验证心境
荣辱想参透，所愿随心

和在乎的人，约了明天
共情着豪气，任时光饰容颜
跌倒了爬起来，给奋斗一点时间
远方和诗未交集时，让努力多些空间

每个生而平凡的我们，想对就莫怕错
渺小的我，向着明天便有梦可做
苦吗，这辈子要走多少驿站
爱了，当懂了生而平凡

仰望星空
活在当下
若武书

作于2023.8.31

㉖ 时间的风里

时间的晨风里
我们把每一天创意
人们用心意和在意作语义
平凡间点赞不平凡皆因为努力

时间的晚风里
如意轻抚着不如意
人生不如意之事十之八九
平凡人生里的我们懂这个道理

时间的春风里
世间皆是勃勃生机
热爱这世界不容易也容易
只要生物钟定时了每一天早起

时间的热风里
真心懂畅快是汗滴
还明白那一句心静自然凉
我们理解赤诚最是生命的意义

时间的秋风里
随处都是那收获季
平凡里感受收获的不平凡
简单里感受过好每天的不简单

时间的寒风里
相携已是温暖点滴
当从容和包容融化成温度
再凛冽的时光一样有世间情意

在时间的风里
我们播下希望
于时间的风里
希望编织华芳

作于2023.8.15

㉗ 放不下就扛起来

心思如果太碎碎念容易变纠结
让坚持坚决一点梦想会成情结
曾经的仰望星空如今是否记得
你说说诗和远方谁融谁的世界

每一段艰辛沉淀成唯美诗一句
每一程前行只为平凡变得有趣
世间所有遇见都是最好的安排
拿得起放得下放不下就扛起来

幸福是奋斗出来的你说对不对
深情于内心懂得安放才不后悔
想旅行就出发来一次说走就走
想家了就买张高铁票说回就回

放不下就扛起来莫让时光蹉跎
在乎的人好好疼在意的就去做
内卷不如放飞拿得起无需放下
抒怀的叫情怀沉淀过才没错过

作于2023.8.11

㉘ 错 别 句

谁写的文章从没有出现过错别字
谁讲的故事没有过不通的句子
谁在旅途中没有走岔过路口
谁的人生路上没有过忧愁

谁曾在谁星空里盼望已久
谁总在谁盼归时吟起了乡愁
你看是谁曾把他乡说成了远方
你听何时起谁把家乡写成了故乡

你会不会在写错字时怪了眼已花
是否把说错话归于记忆力太差
谁把追梦之旅写成浪迹天涯
隔空问候说成了咫尺天涯

你就在我写的文章的开头
平淡的开头平复着心思悠悠
一段句子一程人生假装不认真
一次重逢两行热泪是又一回别梦

作于2023.10.11

㉙ 怎么做人是哲学，人做得怎么样是文化

慢慢地感悟怎么做人是哲学
这样的理解是不是太有些不对
渐渐体会着人做得怎么样是文化
如此的认知是不是有点土也有些傻

这世上的每个人都有最基本的人性
人世间每个人更有不同角色担当
人性有善恶检验着我们的心性
角色就有取舍也有诗和远方

活在这尘世谁都愿意别人对自己好
但芸芸众生谁都没有义务对你好
别人不害你，已经是你的运气
别人能帮你，便是你的福气

是否承认自己只是一粒尘埃
风里来雨里去为滋养一份情怀
感读一个人应该兼顾人性和角色
一生修为才敢说没有辜负到世上来

怎么教人是哲学，人做得怎么样是文化

居武書
二〇〇三年十月

作于2023.9.27

㉚ 谁不是打工人呢

如今人们不只看谁漂亮还要看流量
流量时代你心里会不会有些发慌
慌什么呢爱你的人爱你的真实
真实活着活得真实才该击掌

掌声给谁呢可以给喜欢的人
人活在这世上谁还没有圈过粉
粉多当然快乐但有真粉方见真心
真心的一辈子谁敢笃定有几多铁粉

粉不粉有啥我已习惯了这一份平凡
平凡日子的美丽本就是一份平淡
平淡如水的文字若有丝丝感同
感同身受谁都可以给谁点赞

赞你信守平凡吧无论谁是谁
谁不是打工人呢打工并不可悲
可悲的是明明平凡非要附庸风雅
雅俗共赏的境界达不到可以修炼吧

作于2023.9.17

㉛ 凡为长情

如果得到的你懂得珍惜
你会因为拥有真心欢喜
如果在意的你懂得珍重
你会因为心疼凡事愿意

让爱你的人快乐是懂什么叫珍贵
让你爱的人开心是懂什么叫珍爱
走过的经过的日子都不要再后悔
疼过的人爱过的人离开要学释怀

聚散离别是把生活演绎
缘聚缘散画像人生意义
别说早知如此何必当初
凡为长情是彼此在心里

走过经过就别纠结舍得或不舍得
疼着爱着是体悟什么叫幸福快乐
说珍惜道珍重其实是抒怀在心里
话珍贵懂珍爱是彼此珍存在记忆

有些话只谈给懂你的人

二〇二三年夏
居武书

作于2022.3.31
修改于2024.1

㉜ 缘 之 缘

常听人说起世间的缘
这说不尽道不透的缘
（哎呀呀，好久不见）
你懂不懂缘至缘尽缘长缘短本身是缘
你知不知尘缘情缘亲缘血缘皆缘之缘

常听人说世上的聚散
我说这聚散本身是缘
（哎呀，又见面了）
对的地方对的时间遇到对的人确是缘
错的地方错的时间遇到错的人也是缘

你是否理解这世上最神奇的是缘之缘
你明不明白这世间最美丽的是缘中缘
（哎呀呀，发财了吧）
机缘福缘财缘缘结缘
眼缘因缘姻缘缘写缘

有人说缘起缘落缘深缘浅本身就是缘
有人说缘是水到渠成要学会随遇而安
（哎呀，挺好的吧）
我说缘聚缘散皆是缘
我信一切皆是时光缘

缘是时光,缘如流水
随缘惜缘,无怨无悔
(哎呀,少见少见)
落笔,已写下缘之缘
唱起歌,放怀缘中缘

缘,是时光礼赞付出
缘,是深情无声交互
(哎呀呀,后会有期)
说句话,就叫缘之缘
哼首歌,放飞缘中缘

作于2023.8.16

㉝ 唯　　真

生活里你的样子
　是不是以真为实
是否同意不真如何求实
真实才是你本来的样子

　时光里你的态度
　是不是以真为诚
你是否赞同不真何以诚
真诚带给人温暖和舒服

　岁月蕴涵的情深
　是不是以真为挚
是否感同不真又如何挚
真挚的人在风雨里坚忍

　生命里你的性情
　是不是以真为切
是否认同不真何以至切
真切最是彼此间的真心

文字里你的追求
是不是以真为正
是否共情不真怎能校正
真正的道总是亦刚亦柔

人间真意表达出来
真实真诚真心真爱
真挚真切真正真情
唯真已是世间情怀

作于2021.5.25
修改于2024.1

㉞ 后生之年

后生之年盼你如你所盼
后生之年盼你保持浪漫
　盼你此生一帆风顺
　盼你一生不改单纯

　祝你不被烦恼所恼
　祝你每天都享晴好
祝你遇到自己喜欢的人
祝你每天自在得很认真

祝你每个日子过得有趣
孤单时有懂你的人相叙
　做你自己喜欢的事
　未来是你要的样子

　美不止是你的颜值
　丽动抒写心灵文字
后生之年有大把的时间
梦想承载你的远方和诗

后生之年无需太多遗憾
后生之年简单你的简单
　活得出彩不虚此生
　快乐是你的最浪漫

作于2022.3.12
修改于2024.1

㉟ 人 与 人

人与人生来平等
只为活着各自的认真
风一程雨一程叫人生
字迹相知人与人相认

人与人素昧平生
以前行演绎各自转身
深一场浅一段皆追梦
足迹见证人与人相逢

人与人擦肩而过
都曾从十字路口走过
诗几行歌几首歌亦诗
手迹描述人与人相识

人与人相扶相助
一方有难会八方支援
大写的人字独自简单
人迹自述人与人相处

人与人讲个诚字
谁做了好事不留名字
世间处处在一个际遇
事迹讲述人与人相遇

人与人相见彼此温暖
人与人相对各叙相念
人与人相别各自相安
人与人相聚彼此相伴

作于2023.7.24

㊱ 字　　魂

天为背景地作宣纸
远近高低间把神来之笔映衬
上下五千年上阕下阕里细分
天人合一把历史演绎成故事

四季予你我春夏秋冬自循环
篆书隶书草书楷书行书相传
横竖撇捺彰显现代文明之根
蕴涵知识承载文化本是字魂

颜筋柳骨颠张醉素赵董二沈
虞欧褚薛苏黄米蔡邢张米董
还有吴中四才子谁堪称书圣
中国字传承中国文化之从容

都说常写字的深爱中国文化
不论你我钟情着哪种体书法
皆能感受中华文明博大精深
咱中国字自古如画

境由心造　事在人为

启功书

作于2023.6.26
修改于2024.1

㊲ 谁为谁加持

谁是经度
谁做纬度
谁把经纬度错落成温度

谁被留住
谁被记住
谁又把谁的心思加持住

加油，支持
意谓，加持
凡坐标系暖在彼此加持

谁是光一束
谁把光集束
谁和谁的光束无拘无束

谁为谁修福
谁予谁幸福
谁和谁祈福终成今世福

作于2020.2.20

❸⓼ 有梦的人生像一本书

怎样的年纪会奔跑呢
怎样的年龄还从容呢
答案不一定都是最准确的
你问一问自己属于哪种呢

做梦的年纪会不自觉追梦
从容的年龄做什么都认真
有梦的人生像一本书
从容是你成长的过程

有时候可能也会迷茫
这追梦的路有些漫长
等到有一天回望时你发现
奔跑和从容转换在岁月间

有过的焦虑是对梦太在意
学从容历练着简单的底气
吃过了苦走过不容易
只为淬炼快乐的能力

作于2022.5.2

㊴ 时光里的时光

我们总是无意间说起从前
那是因为曾经的时光带着光
带光的时光过滤了我们有过的惆怅
太多温暖原来是细微感动的碎碎念念

你是否曾说过走过的时光里一些难忘
那是我们内心在感悟生活记录时光
让平凡变得有趣就不怕平淡
时光里的时光给自己鼓掌

人们常常提起记得的曾经
快乐者知自己平凡还在打拼
悲极而泣喜极而泣都是真实的自己
活就要活出个样平凡也有平凡的意义

凛冽着的冬季和温暖的春天交互成诗
炽热夏季和金色秋天会以绚丽作词
你看晨光阳光连着夜光月光
有光的每天都是最美时光

生活在新时代人人都荣光
学会快乐记录时光里的时光
记下你记下我一起慢慢变老的时光
时光说只要你心年轻就不会老了时光

作于2021.12.02
修改于2024.1

❹ 故事里的光阴

斑斑驳驳的岁月见证着时光一路向阳
璀璀璨璨的色彩闪耀我们追逐的梦想
多少仿佛记录你记录我曾走过的旅程
多少依稀是不是你记得的有过的认真
分分秒秒丰满每一次春夏秋冬的轮回
风风雨雨亦诗亦歌砥砺着成长的智慧

  过去时里那些畅想你还记得否
  完成时里那些进步还想得起否
  现在时里有着的困惑你释然否
  未来时里迷蒙的假如有答案否
  憧憬时有着的浪漫曾经写下否
  收获时流下的泪是感慨不易否

纷纷繁繁是人生场景本身还是作人设
细细微微是生活演绎还是叙事的格调
多少感动里会蕴含一次这一生的记得
多少感伤的淡却包容了曾有过的青涩
聚散离合当属故事主题还是情节主线
欲说还休里是爱是在意还是梦里相见

你是你自己的傳奇

作于2022.4.6

㊶ 别活得太累

该笑时就笑想哭就哭
这算不算平凡人的幸福
想吃什么就做想喝酒可喝个微醉
这是不是普通人生活的寻常滋味

你若困了想睡就睡累了可以歇歇
一觉到天亮普通人昼是昼夜是夜
如今的物流如此的发达
老家食材隔天可抵达

人生千万别活得太累
每月发工资了可以嘿嘿
平平淡淡是平平安安的有滋有味
平平凡凡是平平常常的无怨无悔

寻常日子过得怎样怎么能无所谓
油盐酱醋家常菜的味道很有所谓
无所谓里绝对是有所谓
生活自在才美对不对

作于2020.1.13

㊷ 人间值得

一个人，生活得有意思便是人间的快乐
生活得有意义是所历经的沧桑的值得
岁月并不漫长谁会不期待愿望实现
活出自己便是人们说的人间值得

你可发现，幸福就在你自己手里
热忱拥抱生活才能找到时光的意义
唯有日子的积攒才有岁月意蕴的厚重
唯有爱过疼过经历过你的人生才懂从容

你同意不，奋斗着才是治愈一切的良方
前行的人才理解浪漫是你的心向远方
向远方的旅途中会感受更温暖的诗
生活不只有苟且，还有诗和远方

快乐着幸福着，才是真正的人间
努力着又平和着，是日子的不等闲
人间值得是爱过疼过的人活得少遗憾
人生苦短唯真情成歌每天都要学会简单

作于2023.6.23

㊸ 唯爱把平凡的人大写

走过每个完整的一天
对时光的感觉是否丰满一点
经过每个佳节的站点
是不是在把人生的滋味沉淀

还没写完的一篇手记
是时光带伤还是爱在找记忆
岁月要如何去画边界
思谁故谁在是否还把光阴借

人生勾勒于每个平凡的一天
唯爱把平凡的人大写
就用最暖的情节做人设铺垫
你如何把此生缘续写

当然记得有过的离别的伤感
岁月改变着每一个人
有过的温暖融成时光一帧帧
落泪只为滋润幸福感

美好的可能在细节
温暖的不在乎时节
唯有希望疗愈失望
人生就为活个模样

作于2020.1.13

㊹ 只要你还

一个还字，是不是深情讲述归去来兮
只要你还，分明说着归期不是目的
总听人说，每个人都是来还债的
而我宁愿，还债的是我不是你

欲说还休，是不是说缘在尽头
还可是另一种许，未对岁月许够
只要你还，无论隔空还是时光穿越
我内心要的，只是那一份被关心的柔

时光淡淡流过，岁月抖落记忆的斑驳
记得的那些记得，都是在意的错落
不多的承诺，没能兑现我也难过
过了多年，终是在意比失望多

我懂你懂我，沧桑轻抚了沧桑
舍得为归根，结底还了原本模样
走过很长旅途，容下了生活的对错
只要你还，我们都已经懂得和解过往

时光淡淡流过，岁月抖落记忆的斑驳
记得的那些记得，都是在意的错落
一个还字，深情讲述着归去来兮
只要你还，归期是具体的意义

作于2017.8.19

㊺ 生命就是每天有个约会

每天
我和心情都有个约会
内心会意的是活着的美

每天
我和快乐都有场相约
她总是随幸福款款而来

生活
有这样那样的想不到
岁月沉淀过的都是美好

生命
就是每天都有个约会
幸福快乐是这一生的约

作于2016.3.22

46 淡淡的是世界的白描

淡淡的，淡淡的是一种轻柔
轻柔，轻柔是拂面的晨风
感觉得到，但从不驻留

淡淡的，淡淡的是一种曼妙
曼妙，曼妙如浅浅的波纹
晨风抚处，是纹波涟绕

淡淡的，是世界的一种白描
白描，远远近近短短长长
隐了底色，又划下线条

淡淡的，不是摇滚不是交响
风里飘来，长笛不卑不亢
余音袅袅，飘落在心上

淡淡的，淡淡的是感念沉浸
攒着温馨，承载你的柔情
内心炽热，又宠辱不惊

淡淡的，是我静谧的深呼吸
心有多静，生命就多自在
初心不改，前行中蕴意

淡淡的，是得之不喜的洒脱
失之不忧，庭前春去春来
去留随缘，任花开花落

作于2020.3.27

㊼ 风景世间独好

冬去春来自然的景渐深
夏收秋种叙说多少年传承
季节总是在心灵间流转
相知的人相劝莫要太伤感

有道是山重水复疑无路
人们都说柳暗花明又一村
最无用的话是悔不当初
分明是一份收获一份耕耘

快乐的人说风景世间独好
幸福的人不喜欢发牢骚
酸甜苦辣都是人生的修炼
种瓜得瓜的道理多浅显

弹一曲春风和畅用你的心
来一段说笑含蓄了温情
梦里唱起了年少时的歌谣
穿越时光的记忆多美妙

不要说你的心无处安放
生活从来就不曾失去希望
世界对敬畏心真诚相待
做一个温暖的人不必惆怅

岁岁年年融了碎碎念念
世事多变唯你我真挚不变
每一天以温情旋律开启
每一年美好愿望从未改变

作于2022.4.1
修改于2024.1

㊽ 守一念唯美

繁华岁月间,怕只怕情结成心结
无序世界,会不会乱了内心世界
　　辟一方宁静,滋润心灵
　　守一念唯美,简约心情

　　这世间事,万绪绕千头
　　纷乱的心思,你有没有
如果你修炼着,从复杂理出简单
返璞归真,会不会成为你的喜欢

只要心不乱,烦恼不会把你纠缠
知道你是谁,从哪里来往哪里去
　　一声我在,省却一万字
　　本色世界,就一个聚散

　　非非是是,终会归平淡
　　对对错错,客观便简单
经历的再多,记得的故事有几多
简单成一句话,珍惜每天的平安

作于2023.5.30

㊾ 此去经年

每颗心都在编织情愫部落
落花流水落英缤纷落地生根
根深叶茂根深蒂结本是根植于心
心思会问多年以后谁记得谁更深情
情意绵绵情真意切情有独钟无需承诺

承诺从来不是孤独的借口
借口漂泊只是为自己找理由
由不得你由不得我为孤单去孤独
孤独的人说这尘世只为修炼释了愁
愁煞许多人此去经年还要说多年以后

多年以后你是否安顿自己有过的孤独
独行的会不会说前行才会化解无助
无助时感受世态炎凉会不会真实
真实的我们已经把幸福觉悟
悟生活的人想生活本是诗

诗和远方会不会是当下在和未来诉说
说说惆怅的曾经或者忙碌的过与错
错与过风干了记忆记录下了快乐
快乐的人懂快乐是一种能力
力透纸背温暖让时光交错

作于2023.12.14

50 雪花落梦

雪花飘落
落在头发
发现雪结了冰的地有点滑
滑过的时光白茫茫在交错

错过的岁月本就不是过错
错觉错别错失错位解错落
落笔说梦
梦问浅深

深以为然
然犹可追
追梦人追那阳光却不追悔
悔不当初未早懂何为灿烂

灿烂日子是我们都未迷失
失望失落何如求一份平实
实事求是
是为真挚

挚爱此生
生而平凡
凡为长情皆因简单而情深
深情说这雪白画像释简单

作于2021.7.23

51 珍惜健康的每一天

谁都不能保证每天都健康
但可以珍惜健康的每一天
说一句好久不见道一声别来无恙
平淡生活中平凡的你我快乐相见

谁也无法保证一生无坎坷
但一定可以让自己更快乐
珍重平凡何不是一种人生的精彩
就算日子的平淡是人生的最常态

当思考成为一种世界感知
会发现每天都有新的认知
当你做到认真做好平凡的每件事
平凡的人生已经抒写着温暖的诗

当动力来自心静抑或修炼的自觉
会发现人生美妙元素一样都不缺
快乐不仅仅源自奋斗结果
心思放飞的过程才最不错

当自我批判成为一种时常的思考
偶尔自嘲一句贱骨头感觉也很好
每天给我们自己一点挑战
平凡的你就会变得不平凡

哪怕只是把生活感触平实表达了
哪怕只是把应当应分的事做好了
　　哪怕只是这一点点的挑战
　　平淡时光已经变得不平淡

　　哪怕只是体验了未曾有过的简单
　　哪怕只是感受不曾当回事的平安
　　　好一个快乐之源幸福之泉
　　　你终发现世间可贵是平凡

　　　健康不仅仅是身体的健康
　　　健康还需每天都心理健康
身心健康才是每一个人的真健康
健康中国离不开每一个人的健康

作于2022.3.9
修改于2024.1

52 不要纠结是否抑郁

朋友问我累不累
我很少很少说自己累
累了就让自己睡个大觉
千万别把自己搞得太疲惫

你是否常怀疑自己生病了
朋友问了我这么个问题
我说干吗要怀疑自己
活出简单多快乐

你是否说过活着真没意思
没啊我说活着多有意义
只想活出喜欢的样子
这本来不是问题

一切都是我的错
朋友问是否常这么说
我会努力客观看待自己
错就认错没错别勉强自己

如果我离开了你们都能轻松了
朋友笑着问我是否喜欢这么说
到目前为止我还真没这么说过
我一直体味生命的真谛是快乐

"我真的好累呀""我好像生病了"
"一切都是我的错""活着真没意思"
"如果我离开了,你们都能轻松了"
网传"抑郁症"常会说这5句话酱紫

如果没说过说明心理还健康
好吧愿意每天活得身心健康
平凡的我不会纠结是否抑郁
微尘如我每天都调适好情绪

莫总觉得世界与自己不和谐
谁都可能有这样那样的艰辛
客观看自己就会客观看世界
温和待世界世界会报以温情

作于2023.5.2

❺❸ 岁月许你

给你每天的问安每周的挂念每月的心笺
有你的时光有你的岁月才是我的世间
谁能讲述关于谁的故事有什么要紧
你如空气更是山泉滋润着我心田

我情愿我宁可被忘却被遗落是我
有过走过错过算不算蔓延情愫错落
我在你身旁你在我心上不必非说对错
就让心思慢慢讲述心绪默认与时光胶着

给你每天的问安每周的挂念每月的心笺
时光有你岁月有你世间美在我的心间
许下一个你懂的心愿是不是太简单
让我今生拥有有你的时光的灿烂

如果岁月有情时光无憾便是浪漫
渐渐忘记了忘记算不算是一种简单
那些记得的记得可不可以算时光画像
因为每个人都是彼此岁月里独有着的缘

作于2024.2.7

54 换个心情

是感念渐渐暖着我的心
深夜的安静里记忆有个你
回忆中幸福描摹只为一份思念
那年那月那日你远行我试着放下你

问了自己这些年的生活有什么改变
依然早起依旧平凡疑似爱感念
四季轮转中感受轮回四季
习惯了写手记相伴自己

放怀沧海所念皆为心静
世间的感受源自你所历经
一生不言愁又有多少英雄能够
我已懂了你若不努力快乐都不找你

你若真心待世界世界自会真情待你
黑夜或天明只是时光不同情形
世间的温暖也有两种情境
以心换心或者换个心情

感念时常温暖了我的心
轮转四季只为释四季真情
一生不言愁无关多少英雄能够
我已待世界真心世界已经真情待我

作于2021.12.2

55 逻　　辑

要做的都做了，不论做得好与坏
凡事努力了，无论结果怎么安排
莫总苛求自己，精彩在奋斗过程
有句话说得好，世界上的事最怕认真

没有什么事，不能跟自己交流
想明白的事，只要去努力就够
如果不努力，凡事只能靠运气
若自己颓废，最不缺的是借口

学会放下，是因为你心里拿得起
敢于担当，干活才是最大的底气
安心的人，是活出了自己的喜欢
客观看待自己，活在地气里自会心安

本就是朴素，何必说自己低调
不懂莫装懂，你懂的境由心造
享一份心安，是世间的最简单
逻辑不复杂，不属于你的不要

作于2019.11.19
修改于2024.1

56 每天努力一点

有时你努力很久很久的目标
却在很短时间内实现你是否没想到
人们说无心插柳柳成荫有心栽花花不开
凡事常有利弊两个方面就看我们如何释怀

生活不只有感慨总会遇到这样那样的纠结
遇到困难就皱眉头只会让纠结成为心结
付出了努力后的获得你会倍感珍贵
就算这获得感很琐碎很细微

你问未来离现在到底有多远
我说就差一天你是不是就觉得不远
珍惜好把握好每一个今天才能走向未来
成绩放进记忆努力才会拥享有奇迹的未来

你说我们离得并不遥远有事可以随时沟通
人类命运共同体已将每个人的命运关联
难置身事外那就主动与这世界相融
每天努力一点就有奇迹出现

作于2023.4.23
修改于2024.1

(57) 谁叩开谁的心门

谁在叩问谁的心门
谁在问世间的平行线何以认真
谁在观照谁的认真多一点深沉
谁在解读谁的本能

难叩开的心门是不是加了心锁
谁比谁对谁为谁错
谁跟谁说得更啰唆
世界的真难道是因为一份承诺

谁叩开了谁的心门
本无等待的人却期待得很认真
信念读一颗执着心画像了人生
谁比谁先解密真诚

一样的时光未必有一样的触感
温暖从来不走偏门
这世上心门通心门
一样的快乐或有不一样的简单

谁叩问了谁的心门
谁解读着谁的本能
谁比谁对谁为谁错
谁跟谁说得更啰唆

谁叩开了谁的心门
谁比谁先解密真诚
温暖从来不走偏门
这世上心门通心门

谁在问世间的平行线如此认真
谁观照谁的认真要多一点深沉
难叩开的心门会不会加了心锁
世界的真难道是为了一份承诺

无等待的人生却期待得很认真
一份信念伴一心执着画像人生
一样的时光未必有一样的触感
一样的快乐或有不一样的简单

作于2021.11.15

58 苦乐对

没有吃不了的苦
只有享不了的福
谁那么聪明这么智慧
把人生总结如此到位

苦与乐是不是常配对
苦尽甜来可算苦乐对
凡事都不要绝对
要一分为二才对

谁没感受过疲惫
谁都曾感觉过累
补了个觉又活力如初
搓一顿又会生龙活虎

苦和乐总是形影相随
付出与幸福相伴相随
知苦的人更知福
快乐的人不言苦

作于2023.11.13

⑤⑨ 活出喜欢的样叫阳光

聚和散将世间情剪辑
剧中人讲不透脚本意义
远行作道别似为下次聚下注
问自己每一次出发算不算归宿

到底是每天很忙才算混出了样
还是活出自己喜欢的样叫阳光
究竟是孤独的人更能体悟心静
还是心静你就不怕为孤独加磅

可否把各自转身当承诺的认真
谁在为这次和下次重逢添过门
看彼此状态你只需看看朋友圈
炼得凡人心就不惧无论走多远

谁是谁的归宿当结局还是结果
时光和岁月谁在教会你容错
若懂了简单写人生手记
输和赢只需换个标题

作于2022.2.4

㉖ 心 之 房

这世界有一种房子会无限长大
大到可以整个世界都能装得下
装得下聚散离合还有苦辣酸甜
甜美的感觉是房子里开满鲜花

　鲜花是每个人唱着快乐的歌
　歌唱岁月之美和有爱的值得
　得爱心者会善良你是否理解
　解风土之情者解你一世情结

结果不是结局结果却说着因果
果真是心有多大世界就有多大
多大世界才把酸甜苦辣都装下
下辈子我不要我只要今世不错

　错落的时光静静抚慰我的心
　心之房装着世间最真的温情
　情不自禁感受心房距离远近
　近在咫尺咫尺天涯任你我品

作于2022.6.27

(61) 思 想

这世界的每个角落因为什么而错落
城市写字楼的灯光下是什么在闪烁
你说说人们行走的节奏缘何有快慢
快走慢行慢行快走且快且慢为哪般

费思量，想啊想
先别提想法包装
人与人的最大差异在思维
思维和思维的区别在思想

点子，创意，思想，隔着多远距离
想法，逻辑，架构，到底有无捷径
一句我理解，会不会纠结还不一定
一句我明白，未必真能默契得彻底

费思量，想啊想
原来为抵达思想
不少朋友说思想自带力量
还是先给点力量让我思想

借我借我借我借我借我一点点思量
等我等我等我等我等我讲我怎么想
让你让你让你让你让你先帮我看看
请你请你请你请你请你谈你读后感

没想明白别动笔没想通透别写评论
用心未必能走心文笔好未必视角准
这世上哪里都不缺点子也不缺想法
莫轻言思想如果只是有点子和想法

   谁也别陷入谁的陷阱
   真诚未必就把人轻信
   好朋友常常想法相近
   长情往往在思想吸引

   有高度的思想有广度
   有广度的思想有厚度
   有思想的人都有底蕴
   有广度有厚度叫意蕴

安静时捋捋头绪只是不要带着情绪
心静时有了思路你才可以遣词造句
当你明白真正的思想来自灵魂深处
当你用简单凝炼思想便会通透甘苦

读过的书走过的路看过的风景就你的格局

二〇二三年十月 庚戌书

作于2022.11.21

㊷ 若 思 想

先放下　或扛起　你若想要在思中想
思想需头绪　绪非绪　先想哪句先讲
　如果思绪没有头绪　怎么能叫思绪
　如果思维缺少纬度　怎么能叫思维
　如果思考不能考证　怎么能叫思考
　就让思绪注解思维　思考支撑思想

　凡事若有了思路　那是思想在旅途
　如果你喜欢思虑　就别让言行分离
　善于思索的人　在真谛中求索意义
　那些悟思想的人　总会让灵魂驻足
遇纠结善思量　那一定是有思想的人
有一句话　这世界上的事怕就怕认真

没有人能两次踏进同一条河流　对吧
也没人能够让一样的岁月重来　是吧
　善思维　先将头绪莫乱了思绪行吧
　若思想　就好好思考哲学三问好吧
　自己没明白的事　先别说匪夷所思
　别老怪别人　先弄清事物本来样子

谁都会不经意沉浸这样那样思绪
谁都可能偏爱如此这般那般思维
谁都有过遇到困难欠思考的经历
谁都可能误把自己的感觉当思想
没什么啊人生的奇妙就在人有思想
有什么呢生命的意义来自因思而想

多好啊　人生的最奇妙就因为思而想
多美啊　生活的最美丽就在你若思想
　多美好　思想是果也是花赞一下吧
　多美丽　因思想共识而共情温暖吧
　静一静　停下脚步感受思想之光吧
　想一想　又出发吧前方高能若思想

作于2021.3.29
修改于2024.1

(63) 与春天重逢

等了多久才能叫久等
久等了你从风里雨里来重逢
重逢的你把等你的时光扮靓
靓丽间尘埃也想舞一程容光

容光焕发了谁的颜值
值不值等过夏等过秋等过冬
冬天来了春天还远吗可当真
真的与春天重逢已是一首诗

诗和远方谁和谁要更靠近你
你会不会说心里你离我最近
近在眼前绽放的花蕾便是你
你说世间相逢皆温馨

温馨时光里的人与春天重逢
重逢着相逢着未曾相约的人
人间四月天一树连一树花开
开心才是四季的爱人

写于2021.11.24

㊽ 泪非泪

伤非伤，泪非泪
时光飞，岁月醉
修得心思伴流水
流水潺潺催梦归

风雨声中学从容
纵使时光太匆匆
你看那万紫千红
美在蓦然回首中

念已念，悲非悲
光阴快，心思飞
放飞心思为哪般
世间思念谁牵谁

却用今世度今尘
世间事就怕认真
唯心安处最淡然
雨蒙蒙因情深深

飘呀飘，荡呀荡
摇呀摇，唱呀唱
梦里歌谣好简单
简单在世间纷繁

作于2021.1.30
修改于2024.1

65 思　　绪

在未知里思索
在当下里思索
在梦幻的时光里思索
在迷惘中思索
在向往中思索
在逐梦的前行中思索

惆怅时打理思绪
幸福时梳理思绪
春去春回时整理思绪
悲伤时释怀思绪
快乐时抒怀思绪
初心回归时放怀思绪

心静是让思绪慢下来
思维更清晰起来
温暖渐渐地漾开
有了过往才有了现在
今天是未来已来
应感激岁月厚爱

在纠结时要学会思考
　打开了心结多好
　有情结最是美妙
没有什么能替代思维
　思绪别那么悲催
　调侃自己会不会

　幸福成思索成果
　快乐即思考结果
远方和诗融思绪之果
　别责怪思考简单
　别责备思维快慢
思绪相牵时光已璀璨

作于2023.8.9

⑯ 最　　享

最火的锅，叫火锅
这句话，比较适宜立秋后说
买白菜豆腐时，别忘了买五花肉
吃火锅，当贴秋膘是不是也很不错

最老的家，叫老家
记得吗，你什么时候离的家
离家的时候，晨风是否抚你秀发
再回老家，月光悄悄吻了你的华发

最好的人，叫好人
好好做人，是否真做成好人
好人坏人，我们曾以此划分世界
后来发现，好坏不见得一眼就能认

最爱的人，叫爱人
你爱的人，是不是爱你的人
你爱这世界，这世界也才会爱你
你若多愁，就难成为真心快乐的人

最想的你，叫想你
你想的人，会不会也在想你
想一想，曾给谁写过信还买过花
你告诉过谁，那句真的真的很想你

最富的人,叫富人
富有什么,才算是最富的人
有人以为,富有金钱是最富的人
你觉得,富有时间和健康最是富人

最迟的到,叫迟到
迟到过吗,正义即世间美好
那一句好饭不怕晚,道理好朴素
正义可能迟到,但不会缺席好不好

最亲的疼,叫亲疼
那亲疼,最享无忧还是至真
能不能告诉,亲是血脉还是至近
疼是揪心,还是至亲对我们的心疼

原以为风花雪月才是景 却不知柴米油盐酱醋茶足诗

漫画家心相语 辰戈书

作于2019.7.21

(67) 起笔落笔之间

顿一顿　感念滑落笔尖
收一收　点滴渗透是人间
起笔时　想记下这缘聚缘散
落笔时　欲留白相诉万语千言

那一天　辛劳的你终不再辛劳
那一刻　你我的缘画了句号
放下了　纵使有万般不舍
放开了　我们各自安好

笑一笑　一路相伴
写一写　不曾孤单
挥一挥　此去经年
想一想　心便温暖

没分段　弱弱叮咛
没话别　你已远行
此生缘　我已知足
此生情　轻抚我心

停一停　昨夜梦里相见
听一听　熟悉的雨落世间
起笔时　忽然不知何处写起
落笔时　把感念定格字里行间

这一生　能给我的你都给我了
这一别　留下了相伴的美好
放下了　纵使有万般不舍
放开了　我们各自安好

作于2023.11.15
修改于2024.1

(68) 地球离开谁都转

说起势利，每个人都可能会有点
但势利成出发点落脚点便成势利眼
势利眼的人经常用人朝前不用人朝后
趋炎附势看上不看下最是标志性的特点

你见过吗，“势利眼”在所谓权贵面前
从不说不字，干啥都兴奋因为可以表现
在所属部门或单位却习惯矫情投机取巧
势利眼的人往往自私自负却装得很清高

对别人不以为然只有自己干的活最重要
大声说话是怕别人不知道自己水平多高
分明抖机灵耍小聪明却感觉比谁都高明
极端的利己却觉得别人这不合格那不行

审时度势趋利避害当不算势利
顺势而为乘势而上也是一种识时务
但精致的利己主义会“作”了你自己
地球离开谁都转，谁都是世间微尘一粒

所以啊，做人何必太势利
务实，并不等于实用主义
有点自私正常，莫太利己
做事的时候无需标榜自己

作于2020.6.1

⑥⁹ 父亲心

几杯酒下肚,一番豪情
敢有揽月之心,只因一番儿女情
明明经历不少的艰难却是轻描淡写
纵使遇到坎坷也会因责任而坚定前行

父亲的心,常不善表达
家里谁的生日他都会在心里记下
所有的付出都是担当的心甘和情愿
就算担不动了也会用心意支撑这个家

做父亲,因立地而顶天
情怀在他那儿其实更多就是情结
所有的承诺总会以结果把责任兑现
漂泊海角天涯也不会说自己孤独的夜

父亲的背影里你看到的或是一份潇洒
内心柔软的影子是你不曾拥抱的他
沧桑藏在了眼角皱纹和鬓角白发
其实平凡才是真正的他

平凡着的父亲,很少很少会说我爱你
生活多艰辛他都不怕只为儿女的你
你说这辈子做他的儿女没做够
他只想今生好好疼你

或许你太像父亲，脾气倔得彼此不相让
其实你跟他吵了他心里还把你凝望
等到有一天你也做了父亲母亲
会明白温软是父亲心

别说下辈子，我们都好好把此生珍惜
我曾好多次不懂事地让父亲你生气
没事孩子没有父亲会记恨儿女
你的成长抒怀父亲心

作于2022.3.22
修改于2023.12.16

⑦⓪ 世上事未必都如你所想

嗨　你明白吗　无论你说话语气如何
　　　你只是你　不是我
　　　我不是你　赞同不
　　　我只是我　不是你
　　　　　懂否

　　　　　懂否
　　　千万莫做自负的人
　　　自负的人往往自私
　　　别做自以为是的人
　对别人不以为然的人，都自以为是

张扬者，总怕别人不知自己的水平
　　　拔份儿的人必矫情
　　　凡事总在意显示度
　　　其实是一种不自信
　　　　　知否

　　　　　知否
　　　这世上真正的大牛
　　　是凡事不需要牛气
　　　摆不正位置会妄想
　学点知趣，世上事未必都如你所想

自我感觉太好，就会忘了自己是谁
妄想症其实很可悲
地球离开谁都会转
强迫症会让别人累
对不

对不
你只是你并不是我
何必太在意显示度
水平高低得别人说
嗨，不懂得尊重别人只会牢骚满腹

作于2021.12.25
修改于2024.1

(71) 漫步君心

读你写的文字想象写作时的样子
你似乎不愿承认写下的是诗句的诗
而我可不可以演绎一下句子里的意境
感受心绪里你的情绪用日子编剧这辈子

平淡不应该真的对尘世淡漠
平凡也不会是对世事的冷漠
平安一定是内心的平和安定
平常是平素里有一颗寻常心

知我的朋友自然会懂我的心
一隅自在或以万般自觉构筑
谁说本色就没有自然的豪情
漫步非散漫漫步的心懂驻足

世间事聊犹未聊无聊铺垫成有聊
心照不宣心有灵犀讲述岁月的美好
想时念记时忆为拾落要拾回时光轮转
一程同行一段故事一场遇见讲一章机缘

漫步君心是享心的漫步
日子造句时便无关词组
岁月本无虞时光自疗愈
吾心安处最是心泊静处

作于2022.2.13
修改于2024.1

(72) 极简每一天

平平安安中迎来新的一天
平平淡淡享受又一个新的一天
平平常常间开始一日三餐
平平静静品味日子的柴米油盐

平平安安每一天享幸福的简单
平淡当每篇手记的编者按
平平常常为低调或本色作代言
平静炼成每程时光的极简

平凡是日复一日重复一日三餐
而我一日三餐中感受温暖循环
不假正经不假清高当本本分分
凡事努力客观不负做人的真诚

信守平平凡凡或是一种不平凡
坚守平平淡淡享心灵平平安安
习惯了平平常常是日子的本真
喜欢平平静静涵养心思的简单

你行故你在,吾思便吾行

心之情

作于2020.2.13 / 2020.2.9

⑦³ 许 · 还

许

推开窗迎来新一天的晨光
不容易的昨日挥手在心房
每一程前行都是放下中拿得起
岁月为心灵写一句快乐是本意

思绪捋一捋
不必遣词造句
攒半世的平凡何妨
讲过的故事不为感伤

人生本意应该为快乐倾心
简单的人为幸福抒怀真情
听过的歌写的手记为日子梳妆
千转百回是情结里说几段沧桑

过好叫日子
未必感伤成诗
可把纠结融为情节
许自己向时光说谢谢

言谈是行为的镜子

——古希腊哲学家苏格拉底

厚贰书

还

还一段因为忙碌而忽略的时光
停一停脚步让自己不那么匆忙
还一程走得快而忘记的驻足
再思量什么叫真正的幸福

还一曲经年的歌心思变得纯粹
想想遗落了什么不是为了后悔
还一页留白的纸写你的感念
该走心的事不要总无所谓

记得那句吗出来混总是要还的
道理好像很早就听书里说过的
我们为何有时候要欺骗自己
别不承认被欲念蒙圈本意

还自己一次走了心的灵魂反思
问问自己是否活成喜欢的样子
还时光本就不属于你的浮华
此去经年前行不会再走失

作于2022.12.14 / 2022.12.26

74 牧心·炼人的咳嗽花

牧 心

当世界成了偌大个牧场
每个人都在放牧和被放牧
体味一周的牧场生活也无妨
其实真真的是我们的心在放牧

做过牧羊人么答案大多是没有
在都市被放牧过吗回答依旧
刚被放牧时会有点不习惯
体验一圈后觉得很简单

人生原本就是一场流放
有人流放到了很远的地方
有人分明在每天生活的地方
却感觉心灵心思心绪时常流浪

心在放牧放牧于心心乃牧场主
当你结束了一周的牧场生活
会倍感平凡生活这般幸福
该经历的总会经历对不

当世界成了偌大个牧场
感受一下放牧被放牧何妨
就算心灵放牧到很远的地方
记得回归的路你就不会太受伤

作于2022.12.14/
2022.12.26

炼人的咳嗽花

走过了牧场,阳光还那么灿烂
回归到寻常,日子依旧璀璨
时光里,重拾熟悉的时光
想不想,炼人时光回放

经过牧心,都说没事了
穿越牧场,感觉像正常了
猛然发现,无意摘得咳嗽花
奇怪,这花在夜深人静时绽放

人们常用干货,比喻思想亮点
却很怕干咳,心肺接受淬炼
声声急,这花越静越绽放
像说,生命不咳不芬芳

想晕吗,听小宇宙颤抖
想仙吗,一改平日的害羞
想酷吗,越夜深越要显底气
想炫吗,不下地狱何以炼真谛

炼人的咳嗽花,是以毒攻毒吧
后牧场时光,还需要炼心吧
忽听牧场外,有个声音说
煮罗汉果或者梨汤喝吧

作于2024.1.2

(75) 举杯之后

举杯之后　此心出发
祈愿之后　同心共济
致意之后　一心奋发
相约之后　共心努力
君心

前行路上有风也有雨
风雨最是人生的常态
不止于祈愿穿过心域
躺平的抒怀不叫情怀
此心

人生总会有大小转段
美丽是活出你的喜欢
不啻于昨日风雨同行
拥抱未来更成熟了你
同心

愿你我未忘诗和远方
记得那个出发的地方
不只于有过的走四方
相伴的初心是共守望
一心

祝福你我平安且无虞
每天用幸福快乐造句
不至于前行路上迷失
最喜欢你专注的样子
　　共心

此心同心一心唯共心
不止于不囿于不变心
不只于专不至于花心
时光旖旎我心知君心
　　鉴心

没有我的你没有你的我彼此安好
你我懂不说再见的再见是缘散了
不是诺言不坚定也不是你太狠心
都说每个人最后都有一颗孤独心
我们只是给彼此一次机会好不好

作于2023.5.1
修改于2024.2.4

(76) 似水流年

你是否感慨过人这一生有几个十年
是否想过正是平凡丰富平凡世界
谁陪谁多少年谁相伴谁每一天
你会不会心里真心说声谢谢

潮起潮落花落花开轮回昼夜
谁不是长大在一路上撞撞跌跌
欲说还休欲言又止或者欲罢不能
谁又不是一年又一年修行一份尊严

每个人会以不同的视角把成功理解
不一样的情怀往往源自不同情结
一辈子一瞬间一生修为每一天
没曾想那快乐才是阐释体面

人间春已至示意草木欲芳菲
就以平凡的每天耕耘沧海桑田
孤独时一程时光相伴就当把手牵
你说诺言值钱还是真心融似水流年

作于2020.4.17

⑦⑦ 有过多少难过都别跟自己过不去

你说奇怪还是不奇怪
该起床时起床我会高兴
该吃饭时有饭吃我会愉快
该上班时去上班我也会很开心

生活中有过多少难过
都不应该跟自己过不去
换个思维会觉得天气不错
调适好自己哪有过不去的心绪

生命中有太多的美好
我们却常常没有感觉到
遇到点不如意就皱起眉头
你怎么能更多享受生活的美好

有意无意自觉不自觉
人们常说相信第六感觉
想随时感受到时光的美感
只需让你的内心变得更加简单

说奇怪其实并不奇怪
有多少难过也要释怀
生命中有太多的美好
有意无意感觉最美妙

该吃饭时有饭吃我会愉快
换个思维天气也让人抒怀
遇到点不如意别皱起眉头
时光的美才是岁月的感受

该上班了去上班时从来就开心
调适好心绪让自己每天都高兴
你问怎样更多享受生活的美好
我说内心简单便是每天的至要

作于2024.1.10

78. 转段轻语

人生本就是一场遇见
遇见美好也会遇到风雨
美好带来希望风雨让人修炼
经历所有终是让你活得更有趣

在平凡中活出自己喜欢的样子
怎样选择都是在做这一件事
一段岁月编织一页组诗
一程时光写一段故事

笑过哭过都是经历过
对过错过皆是你努力过
童年少年青年见证我们成长
中年向老年是修炼做事少出错

在芳华中转段让岁月真心简单
转段了真心拾落自己的喜欢
不想做的事可以不去做
不想说的话可以不说

其实你还是那个真你
让日子抒写平凡的惬意
想做的可以从容自在地去做
想说的你就用最平实的话去说

愿每个生命平凡而我们皆得所愿

二〇一三年元月二九日 王彦戎书

作于2021.10.24

㉙ 学会安慰自己

人活一世，不要总等别人的安慰
等别人安慰可能徒增伤悲
世上的人，谁没有过伤心和失意
没有人能够比你更懂自己

太多心理暗示只会更悲催
想成功就可能会有失败，对不对
情结未必都能升华成情怀
想活得出彩，命运未必如愿安排

那一句，人生不如意事十之八九
已把人生修行说得比较透
人有悲欢离合，聚散离别皆是缘
月有阴晴圆缺此事古难全

学会自我安慰是善待自己
来这世间走一遭，真的太不容易
明白自己原本是一粒尘埃
知平凡但努力便是平凡人的情怀

真的，那个努力的你真的很不错
　每天好好活着幸福已多多
活在地气里，用不着刻意接地气
　寻常心最是珍爱平凡生活

　平凡的我点赞平凡的自己
懂得安慰自己，也是一种了不起
　何必去想不存在的下辈子
你懂的，努力已在写意远方和诗

作于2024.1.1

❽⓪ 新的一年，愿平凡的我们所欲随心

新年的暖阳穿过跨年的时空
为每个人明媚出一份崭新的从容
感慨系之的每个平凡的我们又出发
怀着初心的人在风雨常态里抒写新感动

新年，是否还坚持一份平实
新年，是否还想活出想要的样子
新年，是否更加珍惜健康的每一天
新年，是否以努力重构生命活力新空间

每个生而平凡的我们都可以
高质量发展高品质生活紧密相连
新发展格局考问你我人生格局构建
你的自立自强与国家自立自强融在一起

这世上没有人可以随心所欲
若修为一生你可以做到所欲随心
我们经常自问从哪里来又到哪里去
最后发现经风雨洗礼方是最美的风景

每个平凡的人活得都不容易
但我们活着一份人生价值和意义
奋斗已是出彩努力是成色你同意否
新质生活谁说不可以见证新质生命力

纵使难改风雨是人生的常态
可到了什么时候都不能没有情怀
愿日子为字时光组词岁月之情成诗
其实诗和远方是四季轮回着讲述故事

你若奋斗便是青春你若青春定在奋斗
愿所盼皆所愿所想皆所思所乐皆所有
你是你自己的传奇无论你是否意识到
愿所做皆所需所悟皆所行所爱皆所有

以努力做到皆得所愿,在新的一年
以奋斗画像诗和远方,在新的一年
以修为实现所欲随心,在新的一年
以幸福抒怀美丽风景,在新的一年

作于2024.1.21

⑧¹ 凡是美好,都在发现和行动
——50幅字连成一篇唯美手记

  生活中所有的美好,都在于发现和行动——无趣中发现有趣,无聊间营造有聊,平凡里体味不平凡。突发奇想,可不可以从开始练字到现在的三年时间里,找五十幅不同心境下写的字,连成一篇手记呢?

  内容不同、字数不等,时间有差异、心绪有差别,要在保证原汁原味、不增减一个字的前提下,连成一篇不太违和的手记,有点点难度。凡事,好玩才可能玩得好,有意思,才会更有意义。花了三个多小时,还真从近三年写的字里,挑了比较喜欢的五十幅,连成了一篇手记,很是开心。

  不敢说,字如其人;更不敢说,人如其字,因为所写的字不太敢称书法。于一个乡情、亲情文学作者,如不如,都没关系。突发奇想做的事做成了,便是可感可触的快乐。

人生如逆旅我亦是行人
放开肚皮吃饭立定脚跟做人
不完美也不凑合不求全却可自省
怎么做人是哲学人做得怎么样是文化

幸福不是别人眼里你如何风光
而是内心的自己有多愉悦
谁说站在光里的才算英雄
人只有不完美值得歌颂

思路决定出路
态度决定高度
情结决定情怀
格局决定结局

满足莫如知足
知足何如立足
立足怎如自足
博纳百川心享万物

知足者乐山山似画
乐观者观水水无垠
面朝大海春暖花开
你行故你在吾思便吾行

放不下就扛起来
凡是经过皆为阅历
有些话只说给懂你的人
攒一世的平凡换今生的简单

当放则放放则当放
当扛则扛扛则当扛
给奋斗一点时间
让努力多些空间

心旷自神怡
无物不是景
几得茗香润
凡心自神怡

原以为风花雪月才是景
到头来柴米油盐皆是诗
愿你出走半生归来仍是你
走过风里雨里幸福会等你

漫游的是乡愁
话风解中国画
谁言寸草心
报得三春晖

晨迎秋阳金染时空
境由心造事在人为
言谈是行为的镜子
你是我此生的风景

比钱更重要的是值钱
彼度彼思彼行此身此生此世
愿每个生而平凡的我们皆得所愿
常在的情义是各自奋斗又彼此挂记

江畔何人初见月
江月何年初照人
回不去的地方叫故乡
时光饰梦想芳华着文章

观照莫如身心
自觉便是和谐
解放思想实事求是
空谈误国实干兴邦

人间春已至草木欲芳菲
世界因你而美好
言为心声只争朝夕
伴你长大的叫奋斗

你若奋斗便是青春
万紫千红总是春
仰望星空活在当下
你是你自己的传奇

人生如逆旅
我亦是行人
幸福不是别人眼里你如何风光，而是内心而自己有多愉快
满足莫如知足，知足何如主足，志如自足
放開肚皮吃飯，立定腳跟做人
博納百川，心享萬物
知足者樂，山以畫原觀者，觀水水无眼
人只有不完美
直得欢愉
思路决定出路，态度决定高度，情结决定
决定人成得志么，学人敗是哲，样是文化
情懷格局决定结局
面朝大海，春暖花开

你行故你在 攒一世的平凡
吾思故吾行 揽今生的简单
                心旷自神怡
放下就 无物不是景
扛起来 凡山自神怡
凡是履过 凡泽皆茗,书润
皆为阅历 放则当放
当扛则扛 当放则放
扛则当扛 原以为风花雪月
治路斗一点 才是景致头来紫
有些话只评估 愿你出走半
时间让努力 生归来仍
懂你的人 是你
多些空间

走过风雨里 境由心造 彼渡彼思彼行

幸福会等你 事在人为 此身此生此世

漫游而是乡愁 言谈是行 愿写个生命年

诗风解中国画 为内镜子 凡的我们此皆得

所愿

谁言寸草心 你是我此生的 常在的悟又是

报得三春晖 风景 不自奋斗又

彼此牢记

晨迎秋阳 此钱更重要 江畔何人初见月

是值钱 江月何年初照人

金染时空

回不去的地方叫故乡

空谈误国 实干兴邦 奋斗

让你长大的叫

时光饰梦想

芳华著文章

观照莫如自心

自觉便是和谐

而美好

世界因你

草木竞芳菲

人间春已至

便是青春

你若奋斗

万紫千红

总是春

仰望星空

活在当下

言为心声

你是你自己的

解放思想

实事求是

只争朝夕

传奇

言之美 石武书

淳之愈

作于2014.8.5
修改于2024.2

❶ 勿拂女儿心

"发工资了，哈哈。"

"今晚就给你配眼镜去。"

昨晚下班路上，接到女儿微信。字里行间透出开心，还有点不容商量、非去不可的意思。

"不去了，有这份心就够了。要不等你成了万元户再去，或者等你拿到整一个月工资再去？"不忍心说"不"字，委婉地给她回了微信。

"别客气啊。第一次拿工资，给你配眼镜多有纪念意义啊，晚上就去吧。"女儿执着地回复。

女儿今年大学毕业，喜欢文字的她像对待考大学一样，用心准备参加了求职考试，幸运地被自己向往的单位录用。

7月中旬女儿正式报到上班，昨天刚刚发了半个月的工资，饭补交通补等加在一起也就两千元，但人生第一次拿工资的女儿，大有不表达内心的喜悦就很难平静的感觉。

女儿上学期间属于节俭的孩子，生活上比较抠着自己，从没有提过要买什么名牌，但昨晚下班时

第一件事是去银行查工资是否到账。

"我查了,到账了。"虽是只拿到半个月工资,女儿晚饭时依旧掩饰不住内心的幸福。"别看《湄公河大案》了,明天下班再回看吧。"女儿知道我想看电视剧,说得我有点不好意思。

其实,不舍得让刚拿到那么一点点工资的女儿掏钱给配眼镜,尽管戴眼镜的人都喜欢有副备用眼镜,更知道这是女儿的一份心意。女儿看到我现在戴的备用眼镜是多年前的,已明显磨损,几天前就提出等发工资了一定给我配一副。

在女儿的催促下飞快吃了晚饭的我们,不由分说地被女儿带到眼镜店。挑镜架、比较"套餐"价,1099元,不便宜,可女儿却很豪迈地刷了工资卡上第一笔工资,而我柔柔的心里,却有点刷疼的感觉。这是女儿人生第一笔工资,她还没来得及捂热,却已拿出一半多给老爹配了眼镜。

不忍心花女儿的钱,又不想拂了女儿的心。

作于2015.11.25
修改于2024.2

❷ 说不出那个"谢"字

早晨第一个电话,打给妹妹香兰。告诉妹妹,收到了托老乡小万从老家捎来的腌菜管和油豆腐,还有一个塔苞芦粿的木夹子。

腌菜管,可不是北方的咸菜。北京菜场的大白菜、油菜,腌不出菜管的味道。对菜管,我在"孝亲三部曲"之《威坪三宝》一文有过这样的记述:"由青菜和白菜腌制而成的菜管,曾是威坪农家最主打的菜。我家安川跟威坪其他村子一样,菜地适合种青菜,北方人叫油菜。青菜中杆白的叫白菜,跟北方的大白菜质感不同。每年下了霜后,家家户户便从菜地剁了大棵的青菜或白菜,整担整担挑回家洗干净,切成比萝卜丝稍粗的形状,在大锅烧开的水里焯一焯,捞到布袋里,放上一块大石头压个把小时,水压干后,菜管倒在大盆子里搓四五分钟,放进盐和切碎的生蒜,再撒上红辣椒粉,拌匀后,倒进大坛子里,腌上一周到半个月就是地道的菜管了。腌过的菜管,用尖椒炒熟,或者放进砂锅里跟肉炖在一起,特下饭。"

腌菜管,母亲健在时每年必做。母亲离世后,在县城打工的妹妹和妹夫要做腌菜管,就不太方便。今年立秋半个月后,妹夫骑着电瓶车回威坪方宅,在自家的菜地种了高秆青菜。下霜后,妹妹、妹夫一起回村把菜剁了,然后洗净,切成菜管,开水焯过,再用大石头压过,按照上面的程序腌上后,带到了县城打工的地方。

一百多斤青菜,腌了菜管,只有一大筒和两小瓶,也就十来斤。腌菜管那天,虽已到下霜时节,但白天温度还不低。妹妹怕菜管酸了,就拿回县城放在冰箱。妹妹给自己留了一小瓶,其余的跟油豆腐一起让老乡带给了我。

电话里告诉妹妹,晚九点到北京南站顺利拿到了腌菜管,可就是说不出那个"谢"字。知道坐公交会吐得一塌糊涂的妹妹,为避免晕车,愣是让妹夫用电瓶车驮着她来回四个小时,先去村里腌了菜管,然后带到县城,再托老乡带到北京。

说不出"谢"字,不独独是这一次。母亲走后,妹妹时常寄一些时令老家特产,如番薯干,如米花糖,如油豆腐,如粽子叶,抑或腌辣酱用的酱豆。清明时分,还寄过刚挖来的野小葱。初中都未毕业的妹妹,不会因为我没有说过谢谢而不高兴。而没有向妹妹道过谢的我,也从没有觉得妹妹书读得不多就比我文化低。

为父亲母亲,妹妹做的远比做哥哥的我多得多。母亲离世前的两个月,妹妹放下了一切,不要工资不要奖金,日夜守护在母亲身边。而父亲在世时,也是妹妹在生活上照顾得最多。

跟妹妹说不出"谢"字,却变成了对她每天的牵挂。依旧是上班路上,十多年来习惯了每天早晨打给母亲的电话,慢慢地变成了打给妹妹。家乡的人和事,时常能从妹妹电话的说笑里听到。身在千里之外还能吃到年少时在县城读书或外出搞副业(做民工)时冬天必带的主菜,如今已经改良了可以用五花肉炖或炒的腌菜管,曾经过年才能吃到的油豆腐,其实,不仅是铭刻在血脉里的美味的回

放，更承载着对亲情、对妹妹、对曾经的那个时代的生活，说不出的谢意。

③ 孩子，知恩是你懂得敬畏

"爸爸，明天请你们西餐吧。"
"西餐，我吃不饱啊。"
"那就去吃肯德基套餐。"
"不去，去吃烤鱼或者把烤鱼点回来。"
…………

昨晚出去陪同学玩了一天的女儿回家，跟我讨论今天吃什么。吃不惯西餐，不会用刀叉的我，与女儿这么起哄着。

女儿是愿意把快乐与人分享的孩子。大三暑假那年，女儿参加调研活动。第一次打工，挣了640元钱，女儿愣是把其中的500元给了她奶奶（剩下100多元她要请爸爸妈妈吃饭），让奶奶买点好吃的。病中的奶奶最终未能去买好吃的，两个月后离开了我们，但我忘不了老人的眼睛里、老人的脸上溢满的幸福。

两年半前的八月初，女儿参加工作不到一个月，单位发了半个月的工资，饭补交通补等加在一起也就两千元。可那天晚上女儿却很豪迈地刷了工资卡上第一笔工资——花了1099元，给我配了副眼镜。今年春节放假，女儿单位发年终奖，是我的三倍多。"给我发红包吧"，微信里跟女儿开玩笑。当我回到家，女儿真的把红包放在我的桌上，旁边还有一个大大的"大白兔"（糖果礼包）——爸爸属兔，女儿以此作为过年礼物。

　　看着女儿把打工辛苦挣的第一份收入的大部分给奶奶，我的心里很感动。当女儿第一次拿到工资，还没来得及捂热，就拿出一半多给老爹配了眼镜，我的心里满是欣慰。女儿每个月发工资，都交给她妈妈，自己只留下一点零花钱，我心里能感受女儿对生活的知苦心。这次年终奖，取出来的大部分，女儿都交给了妈妈，自己只留下过年花的一点点，却给爸爸发了不小的红包——我再三推辞，女儿说"你可以用这个钱给我姑姑发红包吧"。我心里告诉自己，女儿长大了，长大的女儿心灵比外在的形象更美。

　　用女儿的红包给她姑姑发了红包，我告诉老家的妹妹香兰"是惠惠给的"，妹妹特别开心。开心，其实我们都不是因为孩子给多少红包，而是因为孩子有颗知恩的心。

在女儿生日的今天，想对女儿说："孩子，知恩是你懂得敬畏——知恩是感恩的出发，懂得敬畏，生命会更美丽，生活会更美好！"

孩子，生日快乐——给你的红包，爸爸已发出！

作于2011.10.25
修改于2024.2

❹ 离不了的辣酱

很多人以为浙江人不怎么吃辣的，而我老家千岛湖小山村，曾经的很多很多年里，几乎人人吃辣椒，家家腌辣酱。

喜欢吃辣椒，不少人认为是地域关系，如四川、重庆、贵州、湖南、湖北、江西等地，因为气候潮湿。我的老家山村，离不开辣椒，喜欢腌辣酱，除了潮湿原因，更重要的是因为曾经的贫穷——农民要上山干活，辣椒最下饭。上世纪七八十年代，农村人外出搞副业，带一罐炒得干干的辣酱或者用毛竹筒盛的辣酱炒的梅干菜，能吃一个多月。

辣酱，过去有青辣椒酱和红辣椒酱两种。红辣椒腌的不仅好看，保质时间还能长些。腌辣酱，除了辣椒，还要有大蒜、生姜和食盐，条件好些的还会放点白酒，但更重要的还需上好的黄豆煮熟卤成酱豆。农村土地分到户前，条件差的家庭，不太可能用好黄豆卤酱豆，自然味道也就差些。而谁家的辣酱腌得好看不好看，味道好不好，不仅体现家境,也是衡量女人操持家务能力和会不会过日子的重要标准——因为炒菜特别是炖菜时,放进腌得漂亮的辣酱,别提多香了。

对辣酱的念念不忘,以至于在北京生活这么多年,依然让夫人学会了腌辣酱,是因为曾经的在老家县城上学的三年时光。县城读书,一般半年才能回家一次,辣酱几乎是我主菜里的要素,有时甚至是主菜本身。每学期开学前,母亲会用辣酱炒萝卜干或豆腐干,说是炒菜,其实是放进点油,把辣酱和豆腐干、萝卜干熬得干干的,为了让我能吃更多的日子。记得菜炒好后,母亲总是使劲往竹筒里装了又装,按得结结实实。可即便这样,常常一个多月后就吃没了,只好捎信给家里让母亲再炒些菜托人带到学校。难忘当我的菜告急时,老去同学梦建那里蹭吃辣酱,梦建辣酱里有腊肉,现在想起来都香。在北京生活了二十多年,我们家一直未改肉丁炸辣酱的习惯。每次炸辣酱,都让人沉浸在满屋飘着的辣酱香味里。

母亲每年都会寄来酱豆,红辣椒下来时,北京的家里总要买上二三十斤,还有生姜,大蒜等。夫人剁辣椒和大蒜时,常是眼泪长流——因为辣椒和大蒜的强刺激。闻到熬辣酱,高中时光就会历历在目。我的辣酱情结,总是不自觉带着对梦建兄的感念。

辣酱于我,是一生的热力源,不仅相伴难忘的年代;肉熬的辣酱,更回肠荡气在四季的生活里。离不了辣酱,它红火着每个平淡的日子。

作于2015.4.1
修改于2024.2

❺ 嗨，你在

嗨，你的号码还在，尽管从你离开的那一天起，我告诉自己，那个号码不必再打。

给母亲每天打两个电话，是在母亲晚年十多年里的习惯。母亲每天都会在电话里与我聊聊父亲是不是又喝酒了，或者说说田地里的活儿，有时还会说说村里的新鲜事儿。父亲辞世后，不管母亲是否同意——坚决给她买了方便接听的老年机，希望随时能找到母亲，随时能拨通那个号码。

母亲用上手机后，从未往外打过一个电话。母亲不识字，只会按两个键，一个是接听键，一个是挂断键。每天早晨，上班路上我都会给老人打个电话。下班回家，也会不自觉地又给她去个电话问问做什么好吃的。过去不习惯更舍不得兜里装值钱东西的母亲，即使到菜地里干活都带着手机。

如今，已接不通电话那端的你，但电话里大声告诉我去邻村仙山街"买了一斤多肉，一块豆腐，几根香蕉，花了二三十块呢"的幸福感，至今还在我的回味里。想象得出，你从一层层裹得紧紧的小

布兜里,小心翼翼拿出钞票时的幸福又舍不得多花一分钱的神情,还有偶尔买一袋面粉或者一袋米时洋溢在脸上的开心。

你在时,习俗里的每一个节,再贫穷的年代你也会粗粮细做,即使在没有猪肉过年的年景,你也会把一桌饭菜做得香喷喷。每年的清明节,按老家的习惯,你都会做清明馃——蒸了包子(老家话,馒头)、菜包子(韭菜豆腐馅儿)、白米馃,还有用地衣(沙藓)、野葱、豆腐做馅儿的靓梳馃。有的时候也用艾草跟芡打在一起,做成的清明馃,绿油油的。做了清明馃,你会让我们送到外婆家。老家习俗,清明节,是出嫁的女儿给父母送清明馃的时节。我妹妹出嫁后,每年清明,也会给母亲送清明馃去。年少时的清明节,那就是一个让孩子期待的节日,孩子们期待的是清明馃特有的清香。

你在时,很多次跟我回忆起父亲的往事。吵了一辈子的你们,却是难解难分。你曾说起,在贫穷的年代,喜欢给人剃头的父亲认为自己是有技术的,只是工具不行。父亲想有把"洋剪"(老家话，推子），希望有了像样的工具后可以给人剃得更好，也可挣点钱贴补家用。你却舍不得给父亲买，尽管只需要两三块钱，父亲也从未靠剃头挣过一分钱。剃头，完全是父亲干农活之余的爱好。我也记得，年少时多么不情愿让只会剃汤瓶盖头型的父亲剃头。你还多次提起父亲喜欢过年时放鞭炮的情景。我至今还记得，父亲晚年走路蹒跚，依旧有浓浓的鞭炮情结。点燃鞭炮那一瞬间，神情坚定，动作变得麻利，忘掉了自己的年龄，一种岁月的升华、年的快乐，写在脸上。我们一起回忆，做石榜是父亲一生的最自豪。电话里，父亲不再是你吵不完却离不开的对手，而是虽平凡却是一辈子为这个家尽心、为这个家付出、期望家里能过上不借钱日子的顶梁柱。

　　嗨，你在。明知两年半前的10月2日，那天上午的10：20，你去了不再有病痛折磨的地方。那一刻，木然的我已知我们的机缘已尽。任凭妹妹嚎啕大哭，也唤不回你睁开眼睛再看我们一眼。那一刻起，告诉自己，你放下我们的同时，我们的生命里也已放下了你。可两年半来,你的声音,你的笑容却是异常地清晰,不止是在梦里。清晰到我几次回到老家,都不忍,也不敢踏进那幢熟悉到每个角落都有你的气息、你的影子的老房子——你和父亲白手起家盖的泥墙屋。

你在时,我跟你学过父亲喝酒的样子。父亲右手端酒喝时,食指习惯性抠在碗里边,每喝一口,酒要在嘴里停留刹那,然后使劲抿嘴慢动作往下咽,有时还会不自觉地先深呼吸然后轻轻往外"哈"一下,那动作应该是边喝边回味。你说我记得真清楚。其实,何止是清楚,不喜欢喝酒的我,偶尔喝酒时也会像父亲那样,拿了大碗倒上啤酒,食指抠在碗沿里边,端起来喝上一大口,再慢慢地往外"哈"一下……

你在。上班路上,还是会不自觉地想起给你打电话。每每在家吃了小时候喜欢吃的炒面、菜粿、韭菜豆腐馅儿的包子,还有从前过年时才可能吃得上的油豆腐、笋干、白豆腐、萝卜、五花肉放进辣酱炖的大砂锅(熟的时候再撒点青蒜叶),总会想起你在老家火炉上炖的汤瓶菜。

  你在。天气冷时当我穿得暖暖和和，或者盖着暖暖和和的被子，总是会想起你收到我们寄去的软软乎乎的被子时电话里的开心。每当穿上冬天里的靴子，总会想起你穿着暖暖和和的小棉皮鞋时电话里流露的那份幸福。

  你在。不然，进了超市，看到琳琅满目的点心，总会想，你在，一定给你买好多好多，让你放着慢慢吃，即使看着，你也会感觉"得过（老家话，味道、享受的意思）"。

  你在。不然，清明将至，我咋想的是清明粿的美好，少的是那份"清明时节雨纷纷，路上行人欲断魂"的感伤。纵使泪落，也更多是感念你在时做清明粿的情景。

  嗨，母亲，你在。你从未说过，我们只是缘在此生——没有来世。纵使有下辈子，也不想你再做我的母亲，我也不想再做你的儿子。此生缘里，都未能更好地把你亲疼、未能更深地理解你的艰辛，何以去承诺并不存在的来世？

母亲,你在。不是放不下你,是你一直在我的血脉。无论秋冬春夏,都觉得你以另一种方式活在我的生命里。总是记起,你在病重的日子里对无助的我们说:"你们以后要少生病,你们要健健康康的……"

嗨,母亲,你在。

作于2012.7.16
修改于2024.2

❻ 蒸饭那些日子

有点年纪，读中学时住过校，或者在城里搞过副业（做民工）的朋友，大多有过自己蒸饭的经历。

用饭盒蒸饭，水放多了不行，放少了也不行。水多了，蒸出的饭容易成又软又稀的"烂糊饭"，吃了不顶饿；水少了，蒸出的饭太硬，难以下咽。蒸饭，大概需放比饭盒里的米的高度略少的水，蒸出的饭会软硬适中，而最好吃的是生产队新分的谷子加工的新米蒸的饭，闻起来吃起来都特别香。

上世纪七八十年代，能有米蒸饭，属很美的日子，是住校的农村孩子的享受。从家里背了用竹筒盛的炒得干干的梅干菜，或者用辣酱炒的萝卜干，条件好些的是辣酱炒豆腐干，有的干脆整罐子装了熬熟的辣酱，再从家里一次挑二三十斤米到学校，这会让农村的孩子在学校里踏实一个多月。每顿饭，几乎都是用杯状小桶量米蒸饭。后来直接用手熟练地几乎等量地抓一二把米蒸饭，与小桶盛出的分量相差无几。我们农村孩子的饭菜缺油水，每天都能吃一斤多米。为省事，家里有时也用大豆去换了周转粮票,让孩子到学校附近的粮店去买米。记得周转粮票是一百斤米十六块,而居民户的定额粮票买米是一百斤十三块六。羡慕城里人吃豆浆油条的我,好几次把父母给的买米的钱,偷偷地少买几斤,用节约的米钱去吃豆浆、油条,而到月底没有了米蒸饭,不得不到要好的同学那儿去蹭。至今难忘曾数次到梦建兄那儿去蹭米、蹭辣酱。现在回想起来,不知那样的日子是怎样熬过来的。

吃饭,很多年里在老家专指吃米饭,有时还会强调地说吃白米饭。城里说的吃饭,是统称,而老家有吃饭、吃粿、吃面、吃粥、吃汤之分。吃饭,一定是指吃米饭。老家属山区,人多地少,又多是山地,能种稻子的水田占土地面积不到十分之一。当时的主食为玉米、小麦、番薯等。那个年代,家里只要有孩子在外面读书或者有亲人在外面搞副业,总是想办法节约了大米留给他们。除了过年或夏收农忙,平素日子大部分家庭都舍不得吃米饭。夏收季节,中午做饭时,一大锅水,放入定量的大米后,煮到六七成熟时,用笊篱把米饭捞到饭甑（zèng）里。饭甑，是用杉木制成的专门盛米饭的桶形炊具，饭甑外面用竹篾辫子一样箍紧。饭甑有屉子而无底，屉上有三条可透气的小槽，有的人家干脆打几个眼儿。捞了饭的锅里，米粒已经很少，但米汤飘香，母亲会往里煮进番薯或北瓜（北方叫南瓜），有时会用赤粉（比标准面粉还要黑的麦粉）与苞芦粉（玉米粉）混在一起捏成一个个小圆馃煮进去。为了充饥，母亲还用生产队分来的榨油后的豆渣与赤粉揉在一起做成小圆馃煮进去，闻起来很香，但吃起来口感糙。捞出的米饭，一般是晚上地里干活回来后，把饭甑放到锅里蒸一下，就着干煸的青辣椒吃，这也算是农忙季节对辛苦一天的犒劳。当然，也有例外，如果下午三点后去干体力活，母亲也准许我们吃碗米饭。我们常常很懂事并有保留地吃大半碗米饭，然后头顶烈日去砍柴或去割稻子。吃米饭，是年少的我们向往的美滋滋的生活。为了吃米饭，可以干最苦的活儿。

而在学校蒸饭时，学生们大都有两个饭盒，蒸熟的拿出来，下一顿的饭盒放进去。吃饭时间，所有的住校生一窝蜂地涌向食堂外面一排排硕大的方形蒸笼边，大家熟练地从标着年级和班级的蒸笼里认出自己的饭盒，再淘好了米将下一餐的饭盒放进空着的蒸笼。取饭时，也有张冠李戴的时候，饭盒搞丢或搞错，那一天会很是郁闷。为防止搞错，我们便在自己的饭盒盖上刻上自己的名字或拼音代号。与蒸饭相伴留在记忆里的，是用饭盒蒸梅干菜。家里带的炒熟的腌菜吃完了，不少同学便用饭盒蒸梅干菜。打开饭盒盖时有一种特殊的干菜香，第一顿会吃得回肠荡气，连吃三餐，就会倒胃口，没油也没啥佐料的干菜蒸着吃，与铁锅炒的菜实在没法比。这样的时刻，家在县城的同学首红总是好心地让我把梅干菜带到他们家里去炒，首红的母亲便用当时并不富余的菜油给我们炒菜。这份恩情，今生难忘。

　　与学生不同的蒸饭，是到县城做民工搞副业的生活。小工程队里一般会有一个兼职蒸饭的伙头。几十个民工，在搭了架子的大铁锅里一层层码好饭盒，兼职做饭的每天提前一个半小时给大家蒸饭。

收工时，有的民工会偶尔买点散装烧酒，条件好的还会买点猪心猪血之类的炖在一起打平伙。打平伙的日子，是大人们的开心时光。

于我，未中断一天的蒸饭日子，是三年的高中生活。初中时，因哥哥住校，家里的大米只能保证哥哥蒸饭，比哥哥低一个年级的我，很是羡慕哥哥有白米饭吃。务了一段时间农，当我再去读书，家里也想方设法尽量保证我有米蒸饭。蒸饭，是那个时代有品质的生活，尽管后来的学子们直接从食堂买饭，不再需要自己蒸饭。即便在外做民工，也少见了自己蒸饭。现在你可以随处看到民工们用餐时，吃着买来的米饭或白白的富强粉馒头。然而，每次吃米饭时，我还是会不自觉想起蒸饭的日子，想起盛着内心向往的饭盒。如今看到绚丽多样的饭盒，依然会觉得，伴自己走过难忘日子的洋铁皮饭盒的亲切，尽管那样的饭盒早已被各色不锈钢饭盒所取代。

吃米饭，是那个年代幸福生活的标志。有意思的是，那时农村的孩子愿意生病，因为生病可以

吃到父母专门用汤瓶（砂锅）给炖的白米饭或白米粥。更开心的是，母亲还放点油和盐拌在里面，做成油盐饭或油盐粥。蒸饭，于来自山村的我，记忆犹新的是打开饭盒盖时的热气腾腾和热气里承载的向往——什么时候能天天有米饭吃；什么时候可以有定额粮票，什么时候可以拿着饭票菜票，像老师、像城里工人一样，拿几个盘子到食堂排队打饭。而烙印于心的饭盒，带给我的是一生对庄稼的敬畏，对粮食的尊崇，以至于回老家走亲戚，当想不好送什么礼物时，时常会送一袋大米或者富强粉，尽管现在的亲友并不缺粮食，也未必当回事……

　　有米蒸饭，有米饭吃，在那个快乐又很单纯的年代，是农村人不辞辛苦操持日子的生活意义本身，也是年少的我们被父辈寄予的奋斗方向。几十年过去，人们已很难见到那种易锈易损的洋铁皮饭盒和铝制饭盒，人们大多用上了电饭煲或者高压锅做饭，学生住校或民工进城务工已不再自己蒸饭。你越来越体味到，淘米工具和家庭做饭工具的变化,实质是淘生活的方式在变。

人们的生活品质越来越提升,但某种东西却正在我们的生命里丢失。幸福,原可以因简单而醇美;快乐,本可以因纯粹而自得。

作于2012.1.16
修改于2024.2

❼ 借钱记忆

对曾经的农村生活艰辛的记忆，大多并不是因为干农活的艰苦，而是跟借钱（老家话通常说借钞票）的故事联系在一起。

我们家兄妹四个，年龄相差都是三四岁，哥哥和我读小学与初中时，只差一个年级。父亲虽有做石塝的手艺，但身体不好，也因为孩子多，家里常是生产队的"缺粮户"，欠生产队的钱。借钞票给孩子交书费学费，借钞票给父亲看病，房子失火后借钞票重新盖房子，曾是母亲不得不面对的难事。母亲为了还人钱，能想的办法都想遍了。还鸡蛋——有时借不到钞票给我们交书费学费，就问别人借鸡蛋拿到村里代销店兑换，等自己家的鸡下蛋后再还给人家。还小猪——家里养了多年的母猪，总是借钞票后等着母猪下小猪后还给人家。还工夫——家里房子失火，在借不到钞票但又不得不雇人重新盖房时，母亲承诺还给人家工夫，等人家盖房子时自己去干相等时间的活儿。后来条件稍好时，直接还钱。

借钱于我,是铭刻在生命的记忆。因为房子被烧,家人借住在同村让成伯伯的房子。母亲下决心重新盖房,尽管要盖的新房只是泥墙屋。那年夏天,母亲让我到安徽歙县当工人的伯父家借钱,母亲希望能借到15块钱。长途跋涉到伯父家后,把母亲的想法说了,伯父告诉说刚给女儿买了手表,没钱。第二天,给我买了回家的长途车票后,塞给了5块钱。下午四点,下了长途车后已没有换乘的车,愣是跟着别人走了四五个小时的山间小路,后来借了手电回家,还生怕伯父给的钱丢了。

也是那年,我跟大队书记和大队会计说好话,因为下半年还得去县城读书,写了申请,开了贷款证明,希望能从公社信用社贷款15元。当我把盖了大队章的申请交到信用社,一位负责同志很公事公办地让将申请放那儿,再无下文。那个时候,多么期望农村孩子读书能贷款啊。

于我,不能忘却的为自己借钱是1982年的夏天,公社广播站通过高音喇叭通知上了大学分数线的学生去县城体检,兴奋的我告诉母亲我自己去借

"盘缠"——到县城单程船票七毛五。那一次,相处较好仅大十岁的叔辈邻居借给了两块钱。

因为路费的头疼,在四川上大学时,父母不是特别希望我每学期都回家。回家的路费一般不成问题,学校把七八月份的菜票饭票兑换成了现金和粮票发给我们。记得从成都到上海或到杭州,或者到老家相邻的岭后站,坐火车学生半票都是22元,但回校的路费让母亲头疼。大二暑假回家,临近开学,路费还没着落,心急如焚的我,硬着头皮向外婆村在乡镇企业上班、有点亲戚关系的一位初中同学的妹妹借了20元。

借钱,于父亲母亲,是借生活,借的是生活的延续;于我,借的是希望的支撑。条件稍好后,母亲把所有欠人的钱都还了,但借钞票的痛和窘,不仅深刻在母亲的生命里,也烙印在我的记忆里。正因为如此,毕业时我连一点考研的想法都没有,希望赶紧工作,尽快担当起改善家庭生活的重任;希望母亲不再有向别人借钞票的尴尬。后来很多年,我希望并保证父亲母亲兜里随时都有现钱,随时可以去买肉，随时可以去医院看病，希望喜欢到小店吃馄饨和茶鸡蛋的父亲，随时可以怡然自得地去享受与借钞票截然不同的感觉。

借钱，教会了我珍爱生活。感谢因为不知道父母什么时候能还而没有借给母亲钱的亲戚，他们让我懂得生活艰难时承诺可能会被质疑、信用可能会被打折扣，而在生活困苦时坚定信念、不管多难都必须兑现还人钱的承诺何其重要。因为如此，工作后我努力做到让父母别再为钱着急，尽力确保老人踏踏实实感受生活有保障的幸福。

感激曾借钱给母亲，借"盘缠"予我的好人，你们是我一生的温暖。借钱的记忆，让我倍觉不借钱的当下生活多么幸福。

作于2012.1.28
修改于2024.2

❽ 威坪女人

到过惠安，你会叹服惠安女子的吃苦耐劳。如果你到千岛湖威坪山村，走近威坪女人，也会被威坪女人的特质所触动。

见过威坪女人干活，你不会不感叹她们的勤劳。村里的土地还是生产队集体管理的年月，女人每天标准工分最高为9分（男人为10分），但挑大粪、挑石头、插秧、开荒、砍柴割草、夏收秋种等男人干的重活、苦活，女人没有不干的。清晰地记得，我家所在生产队里，竹花、徐迪、夏英、雪女、圆面等数位当年正值四十多岁和三十来岁的女子，计件干活时能挑一百六七十斤，背树时甚至能背近二百斤。无论春夏秋冬，干着男人一样活的她们，下工后，还得去自家菜地施肥种菜。不仅每天早早给家人塔苞芦粿（玉米饼），中午满头大汗赶回家做饭，晚上收工回家还得做晚饭。稍稍农闲的季节，晚饭后你会看到几乎家家的女人都会纳鞋底，给丈夫和孩子做布鞋。每年除夕的年夜饭前，热水洗完脚后，家人们穿的新布鞋，都是她们利用晚上的空闲时间做的。孩子长大后，给儿子盖房子娶儿媳，几乎成了威坪女人持家的崇高使命和目标。盖房子人家的女人们，不仅要忙乎做饭给雇来帮着造房的手艺师傅和帮工们吃，还利用空隙背树、挑土。

威坪，人多地少，撤乡并镇前是欠发达的淳安县乡镇中最贫困的山区。地少，且多是山地，资源匮乏。养母猪生小猪卖，是那个年代不少家庭的重要经济来源。在近二十年的时间里，我母亲也是靠养母猪支撑家用。母亲不辞辛劳地一日三餐烧猪食给母猪和小猪吃，还不能耽误地里的农活。土地分到户这些年，重活少了，但养蚕季节，起早贪黑，依然是村里女人们的活计。摘蚕叶再早，半夜里起来喂蚕叶次数再多，你听不见她们叫苦。一位与我母亲年龄相仿的大妈，老伴每月有三千多元退休工资，儿子在乡里上班，女儿在县城开酒店，家境上好，但大妈就是在家歇不住。每次从儿女家回到村里，见到土地，就想干活。"嬉不住啊"，不仅仅是口头禅，更是闲不住的威坪女人的真实内心。

勤，是威坪女人的标志。

心疼钱，是上了岁数的威坪女人的生活观。生活变好后的今天，你就是给她们买了再多的衣服，告诉母亲们衣服多便宜，她们也舍不得穿着新衣服到地里干活。过惯了苦日子的她们，新衣服的情结等同于过年。经历过借鸡蛋给孩子交学费的日子，经历过借鸡蛋换盐的窘境，对钞票的触感，对钞票的心理感觉，年轻的女人极少会感同。穿过多年麻布衣服的威坪女人，一床被子会传家宝一样，从父亲传给孩子；一件衣服总是老大穿了给老二，老二穿了再给老三，直到无法补丁。如今条件好了，当她们偶尔去小镇，肚子饿了进小店，即便兜里揣着钞票，买碗馄饨，买个菜馃，或者两个肉包子，于她们已是奢侈。大概是1992年夏天，我妹妹香兰来北京，夫人将省吃俭用存下的一千元钱给了她。妹妹坐火车回家，怕钱丢了，愣是把钱放在鞋垫底下，穿回了家。

如今的威坪女人，生活条件大为改善，年轻女子大多到城里打工，不再生活得像母辈那样艰辛。节俭,是上了岁数和经历过贫穷年代的女人的习惯。邻居初迪在乡镇企业退休了,有退休工资,但每年还要养好几季蚕。邻居夏英,儿子媳妇很孝顺,城里买了房子,希望她到城里住,六十多岁的她就是愿意自己在家种油菜、种大豆、养蚕。即使子女寄钱给上了岁数的母亲们,除非万不得已看病用钱,大多会攒下来,不识字的她们哪怕托人,也会把钱存到银行。同村的一位奶奶,晚年骨头摔断了,就是舍不得花钱去医院,宁可疼也愿意把钱留给孙子,最后长了褥疮,去世前兜里还有三四千块。天晴防落雨,是她们真实的内心。攒了钞票,于她们是一种最踏实的幸福,最安全的心理保障。俭,是威坪女人对钱的心疼。

  从上大学到现在,离开老家三十年,有两个威坪女人守护男人的故事一直未能忘却。一位邻居叔叔,脾气甚是不好,常常会拿着竹竿打得老婆在村弄到处跑,劝架的人看不下去了,都希望他们离婚,但是他们每打一次架会安静一段时间,然后又剧烈地追打,实在过不下去了便离了婚。但是,离了婚的他们依然在一个锅里吃饭,依然住在一间屋子,后来叔叔病了,婶婶任劳任怨伺候,直到离婚的丈夫去世。同村还有一位大姐,工厂上班的丈夫不到三十岁时精神失常,但到现在大姐依然无微不至照顾。她们身上,你能渐渐感受到什么叫忍。我似乎明白了威坪女人为什么生孩子前白天还能在地里干活,生完孩子三五天后便下地。仿佛理解了威坪女人的韧。邻村的一位叫桂英的女子,在地里干活时居然独自把侵害庄稼的一头野猪打死。韧,是威坪女人对磨难的容忍。

在威坪,曾经与男人几乎同工的女人,你很少听到她们为家务活而打架,即便是在最艰辛的年代,白天跟男人一样挑土挑石头,一样天晴晒下雨淋,但她们很少让男人做家务,她们把洗衣服做饭视为自己的本分。不仅如此,腌菜管,腌辣酱,腌萝卜干,腌梅干菜,腌腊肉,现在四十五岁以上的女人,很少有不会干的。但是,家里来客人时,她们不会上桌吃饭,只要客人高兴,她们就开心。吃的,穿的,总是先紧着丈夫,想着孩子,独独很少想到自己，从威坪走出的孩子，每个人都能讲出母亲无私的故事。贤，是威坪女人的自觉，也是威坪女人不经意的生命之歌。

想起威坪的生活，你会时常被感动，感动不识字的母亲"卖茅佀（茅房）衬（供）儿子读书"的信念，那种再艰苦也要"衬（供）儿子学手艺"的理念。从威坪山村去上大学的孩子，几乎都可以讲出母亲认定只有读好书才能有工作、才能改变家里条件，千方百计供孩子读书的故事。从威坪出来创业的子女，同样可以说出母亲坚信只有"学手艺才可以吃香的喝辣的，才可以有钱盖房子，才可以找个好媳妇"的朴素道理。慧，是威坪女人的通情达理。

勤，是威坪女人的标志；俭，是威坪女人对钱的心疼；韧，是威坪女人一生对磨难的容忍；贤，是威坪女人的自觉；慧，是威坪女人的通情达理。

作于2011.11.10
修改于2024.2

❾ 鸡蛋和大豆,硬通货二十年

每次去菜市场,总会不自觉地到卖鸡蛋的摊位转转,看着小老板小心翼翼码放鸡蛋,我常会情不自禁伸手去触抚放在筐里或者柜面上均匀好看的鸡蛋,亲切感流淌心间。

1969年上小学起,到1986年大学毕业工作前后,大概二十年,鸡蛋,一直被老家村里人视为宝贝。说宝贝,是因为不是随随便便吃得上,更不是什么时候都舍得吃。鸡蛋,在那个年代的老家,几乎等同于钱。没钱买盐,只能拿鸡蛋到村里代销店兑换,按一斤鸡蛋七毛钱卖给店里换成盐。没钱交书费学费,有时也得等着家里母鸡下蛋,然后凑成一斤或二斤(一斤一般八个),卖给在工厂上班或在公社里当干部的家庭。我和哥哥读小学时,每学期的书费、学费,记得都是一块五毛钱,因家里困难,常常不能按时交到学校。母亲有时借不到钱,就问别人借鸡蛋,等自己家的鸡下蛋后再还。那时,田地还没有分到户,一家也只能养三四只母鸡,每天鸡舍里的母鸡放出来前,母亲第一件事是用手指抠母鸡屁股里有没有蛋,如果有，就不把鸡放出来，防止蛋下在外面。孩子们后来都学会了这一招。

说鸡蛋金贵，是因为只有贵客来家，才有可能做醪糟荷包蛋待客，而且重要的客人只有一个人来时，才可能给煮5个荷包蛋，如果来两三个客人，只能每人三个荷包蛋。赶上没鸡蛋又借不到时，只好煮一碗腐皮（薄薄的鲜腐竹）当鸡蛋待客。后来，鸡蛋涨到一块多一斤，母亲更是当宝贝。因为鸡蛋金贵，农村人给坐月子或逢十年过一次生日的亲戚送鸡蛋，从村里走过时，遮盖的布还常常要露出一角。

与鸡蛋一样金贵的还有大豆。现在的人大概以为，大豆只有做豆腐、榨豆油或者做豆浆、腌辣酱用，但二十多年前，大豆对老家来说，却有特别具体的经济功能。家境贫穷的家庭舍不得用大豆做豆腐，更多的时候是拿到粮店换大米、面粉，一斤大豆换二斤米，或者一斤六两面粉。如果家里有人出远门搞副业，或者有孩子在县城读书，带粮食不方便，大队里开证明后，可以用大豆到粮店换成周转粮票和钱。大豆兑换粮票和钱，一斤大豆换2斤周转

粮票和0.32元钱。农村人用周转粮票到城里买米，要比城里居民户的定额粮票贵，买一斤米需0.16元，而用定额粮票买一斤米，只要0.136元。很多次，我看见母亲把生产队分的大豆里歪瓜裂枣的豆子挑出，圆润饱满的大豆拿到粮店里去兑换，而不好看的豆子则留到春节做豆腐。

  鸡蛋和大豆硬通货功能的淡化，是老家农村土地分到户后，家里不仅养蚕，还养母猪生小猪卖，再后来，我参加了工作，母亲再没有借过鸡蛋，大豆也回归本来的做豆腐、榨豆油等用途。上世纪九十年代以后，母亲也时不时去店里买一斤、二斤鸡蛋回家，上好的大豆也开始想做豆腐就做豆腐。

  鸡蛋和大豆作为硬通货的年代已经远去，但我依然能感觉，鸡蛋和大豆在母亲心里的那份亲切，那份金贵——很多年里，回老家过年，母亲总是愿意用自己种的大豆做豆腐给我们吃；每次从老家回来，母亲总是希望煮几个鸡蛋让我们带在路上……

作于2012.4.6
修改于2024.2

❿ 让心静下来

早晨给母亲打电话，老人已在千岛湖至虹桥头的中巴上。从县城回村，每次都要到虹桥头换车。清明节，母亲到在县城打工的我妹妹那儿住了三四天。因妹妹读书的孩子华华也放假，老少三代在租住的只有六七平米的屋子里温馨相处，母亲没有丝毫的不自在。老人告诉我，华华又去上学了，她一个人待着没啥事，还是回家吧，等会儿到虹桥头换了车直接回村里。母亲晕车，我叮嘱她与司机商量商量坐到前面靠窗的座位。

下午四点半给母亲打手机，母亲笑着说还没回家，而是到厂里去了——回家路上，办箱包厂的我表弟给她打手机，说厂里赶活儿，着急让母亲去帮忙，并开车到虹桥头直接把她接到了厂里。本担心母亲晕车后不回家躺会儿吃不消，但老人的声音里，听得出并无大碍。73岁的母亲很有些被厂里需要的开心，而我挂念的心，马上静了下来。

让心静下来，是一种纯粹。不识字、务了一辈子农的母亲，是去年秋天到我表弟厂里上的班，刚开始并不敢告诉我。无意中我知道后,并没有责备她。表弟说活儿不苦,还有好几位老人做伴聊天。母亲的意识里一直有到"单位"上班的情结。知道她去上班后,只提示别累着,只要老人自己开心,怎么都行。那个时候,我的内心有种出奇的宁静。

让心静下来,是年龄增大后的修炼,也是对母亲的劝慰。父亲晚年因为身体不好,总愿意到镇上的医院做心电图或B超,大夫告诉他没有大毛病,就是体质差或骨质疏松,建议少做B超,否则对身体有副作用,并让我母亲劝劝他。而母亲每次说他,他总有些不高兴。很多年里家里穷,没钱看病,后来有条件去看病便是父亲心里的优越。留恋生命的父亲,每次到医院检查后,会踏实些日子。我劝母亲,别太拦着他,看病能让父亲心静。

想起父亲母亲,想起父亲母亲受过的苦,有意无意自己就会变得宁静。让心静下来,实际上是一种对人和事的换位思考,是一种立足实际、客观感悟人性前提下对事物本质的理解和因此而来的淡定的心态,于浮躁的当下是件很不容易的事。每天睁开眼睛，你会看到很多不公平，遇到诸多不如意，繁杂又现实的日子，似乎跟书本上学的、老师教的或纷繁的各种会议上获得的资讯，都不一样，但愤青和牢骚又无济于事。心静，并不是对生活的麻木，更不是对遇到困难的无动于衷，而是一种积极的简单——没想透的事不说，没想清楚解决办法的事先不去提建议，即使被曲解或被侵害了权益，在没分析明白来龙去脉和深层原因前，不轻易行动。

学会心静，不是消极的窝囊，而是更深切理解生活真谛后对生命的更敬畏、更珍惜，更享受生活。静，是一种大静，如同社会需要大爱。心静，不是没有烦恼，不是躲避困难，更不是对伤及尊严的事无原则地忍受。让心静下来，是积极的简单、向善的从容、做人的纯粹，如同清明时分，深夜守候中国之声《千里共良宵》节目，听主持人与听众分享博文《父亲，一生最倔是担当》时，我像父亲生前那样，拿了大碗倒上啤酒，喝一大口，无言地问一声："天堂的父亲，你好吗，儿子陪你喝酒，能否感觉到？"

热泪融进啤酒，不是痛苦，是与父亲静静地交流。我只想说，生命的真谛不是悲伤，不论我们是否经历过失去友亲的苦痛和心酸。感念，是你有颗知恩的心；缅怀，是不忘我们从何处来。追忆中拭去心伤，祭奠里敬畏生命。心怀感恩前行，是对故人最好的纪念。我们快乐，天堂的亲人才会安心。所以说一声，安好，父亲！快乐，所有活着的生命！

让心静下来，聆听人生最本真最自然的声音，会感受生活更多的温暖，生命会更具力量。

人间万物出艰辛

江泽民主席诗句 彦武敬录

作于2013.9.19
修改于2024.2

⑪ 今晚，我会吃个月饼

看到月亮，或者看不到月亮，无论今晚天气怎样，我都会吃个月饼。

过第一个没有了母亲的中秋，感念的是去年的今日，重病的母亲靠着意志力，忍着胰腺癌的剧痛，留给我们兄妹四个最后一次有母亲陪伴的团圆。那天早晨，母亲短暂醒来时，我俯身问："识不识得今天是什么日子，想吃一块月饼吗？"母亲微弱地点头又摇头，我知道母亲是告诉我们，知道今天是中秋，可她已经吃不了月饼，让我们自己吃。

辛苦一辈子的母亲，是幸福感极强的女人，看着我们四个孩子长大成家，母亲总是倍感欣慰。只要孩子们对她有一点点照顾，幸福都会流淌在她的脸上。母亲刚住院疼痛还能靠药物镇定时，总是对看望她的亲友说："最近这十五六年，日子过得好，没有借过钱，衣服也穿得好，我一个农村老太太，还能分春夏秋冬地穿衣服，真是享着孩子的福了，这样的日子我还想再过几年啊。"留恋生命、舍不得放下我们的母亲，发自内心感慨生活的变化，而那个时候，我总是不知说什么好。

母亲住院第五天，已确诊晚期，但哥哥、妹妹、弟弟和我，都没有跟母亲说出那个可怕的字，但到住院后期，母亲心里明镜似的，每次给她用强止痛药后，老人总是说："这个药止痛，但不治病。"到后来母亲感觉止痛效果也不好，看出我们的纠结时，母亲很多次用微弱的声音宽慰我们："是得的这个病不好……你们要注意身体。"

还未到中秋，母亲已处在幻觉和昏迷之中，时而短暂地明白，时而幻觉里跟我们说几句话。知道母亲时日不多，安慰变得苍白，但我还是希望母亲能扛过中秋，让我们最后过一次有母亲陪伴的团圆节——很想很想掰一小块月饼给母亲，可母亲已吃不了……

中秋节的下午，老家中医院医护人员给每个住院病人送月饼，当护士俯身靠近母亲说："奶奶，中秋快乐，我们给你送月饼来了！"我多么希望母

亲能像过去那样吃了我们从北京寄去的点心和月饼后,电话里满是幸福地说:"太甜了,以后别寄了,你父亲不太喜欢吃甜的。"其实她是怕儿女麻烦,可我们依旧时常地乐此不疲。

我在《守望中秋》的博文里,这么记录生命里最后一次有母亲的中秋——"我们把月饼放在床前,比任何时候都怀念母亲自制月饼的情形,那种岁月艰辛却满心飘香的幸福在我们的心头回味……月饼是母亲病床前的团圆",而团圆,于今年的中秋,已是深深的感念——去年中秋节后的第二天,母亲永远离开了我们。

想吃一块月饼,今晚夜深时。吃一口月饼,是感激母亲生命弥留之际,忍着剧痛给了我们时间,在病房让我们兄妹四个一起度过生命里最后一个有母亲的中秋。吃一个月饼,是感念母亲用一生的艰辛心疼我们,是告诉母亲,感念中前行,我们很好!

中秋的今晚,想吃一个月饼。想问候母亲,天堂里是否也过中秋,是否与父亲团圆。今晚的深夜，我会吃一个月饼，想告诉天堂的母亲，生命里最后一个有你陪伴的中秋，是此生难忘的团圆……

作于2011.11.5
修改于2023.12.23

❶ 威坪三宝

生活的记忆常常跟吃有关。上世纪六七十年代出生的威坪人，对伴着自己长大的苞芦粿（玉米饼）、辣酱、菜管，或许有不一样的情愫。

老家淳安威坪位于浙西，因是山区，坡地为主，水田甚少。田，是指既可种水稻也可种其他农作物的位于山脚的平地，一般离小溪、水渠近。地，专是指山上的坡地，以种苞芦（玉米）、大豆、小麦为主。苞芦产量高，也就成了农村人的主粮，苞芦粿是家家家户户的主食。晒苞芦曾是村村的风景，苞芦粒晒在各家的屋边的坦里，金灿灿的让你觉得生活很踏实。苞芦晒干去大队加工厂磨成粉后，便可以做苞芦粿。

做苞芦粿，土话叫"塔苞芦粿"，是每天早晨的必须。先是在大铁锅里烧开适量的水，倒进苞芦粉搅拌后，用炒菜的铲子来回使劲按，老家话叫打芡。打好的芡放到灶面案板上，双手搓成长长的现在的粗火腿肠状，切成均匀的一个个的面团，揉成小塔形后，再用掌心摁成饼状，贴在已经烧热的干锅里。一锅大概能烙七八个馃，每个馃两面各烙一分钟左右便熟了，香喷喷的可以就着炒尖椒、菜管，或者用腐乳刷在苞芦馃上，你会吃得回肠荡气。家里塔苞芦馃，一般要塔够吃两三顿的，大人上山干活带，孩子到公社中学读书带，只要在炭火上一烤，又跟早晨刚做熟时的味道一样，醇香扑鼻。苞芦馃，就菜管、腐乳或尖椒炒的豆腐吃，上学的孩子能吃五六个，壮劳力们可以吃七八个甚至十来个。

由青菜和白菜腌制而成的菜管，曾是威坪农家最主打的菜。我家安川跟威坪其他村子一样，菜地适合种青菜，北方人叫油菜。青菜中杆白的叫白菜，跟北方的大白菜质感不同。每年下了霜后，家家户户便从菜地剁了大棵的青菜或白菜，整担整担挑回家洗干净，切成比萝卜丝稍粗的形状，在大锅烧开的水里焯一焯，捞到布袋里，放上一块大石头压个把小时，水压干后，菜管倒在大盆子里搓四五分钟，放进盐和切碎的生蒜，再撒上红辣椒粉，拌匀后，倒进大坛子里，腌上一周或半个月就是地道的菜管了。腌过的菜管，尖椒炒熟，或者放进砂锅里跟肉炖在一起，特下饭。

威坪人离不了辣酱，在老家县里是出了名的。因为贫穷——农民要上山干活，辣椒最下饭；外出搞副业，带一罐炒得干干的辣酱或者用毛竹筒盛的辣酱炒的梅干菜，能吃一个多月。

辣酱，有青辣椒酱和红辣椒酱两种。红辣椒腌的不仅好看，还能保质时间长些。腌辣酱，除了辣椒，还要有大蒜、生姜和食盐，条件好些的还会放点白酒，但更重要的还需上好的黄豆煮熟卤成酱豆。农村土地分到户前，条件差的家庭，不太可能用好黄豆卤酱豆，自然味道也就差些。而谁家的辣酱腌得好看不好看，味道好不好，不仅体现家境，也是衡量女人操持家务能力和会不会过日子的重要标准。炒菜特别是炖菜时，放进漂亮的辣酱，如果能有点肉丁炸在里面，别提多香了。我们家虽然家境贫穷，母亲却总能用挑选上乘黄豆后剩下的次豆，卤出好看的酱豆，腌出上佳的辣酱。说来也怪，无论炒菜还是炖菜，只要放进辣酱，在那个贫穷的年代，日子便会变得有了生机。

　　苞芦馃、辣酱、菜管，作为主食、主菜的日子，已经远去，现在威坪农村的生活，已经以大米为主，辣酱成了佐料，菜管已不像过去那样整坛整坛地腌制，原来的主食、主菜成了餐桌的稀罕。如果你到威坪，不特意提出想吃苞芦馃、辣酱、菜管——"威坪三宝"，还未必能吃得到。

苞芦馃腌菜管饭

威坪三宝

二〇二三年十一月五日淳戏书

作于2011.11.23
修改于2024.2

⑬ 排岭记忆：珍馐三弄

有高中同学看了博文里关于威坪的文字，短信我说，对威坪生活不能感同，因为同学从小在城里——千岛湖镇长大，让写点千岛湖的记忆。

千岛湖成为风景区，应是1982年之后，那时我刚刚到千里之外的四川上学，淳安县城改称千岛湖镇也应是那以后的事。此前县城一直叫排岭镇——所谓排岭，我的理解或许是指山岭叠排的意思。

对排岭的记忆，于我是三个片段。第一次到排岭是1974年，因父亲在排岭搞副业做石磅，那时我上小学五年级。第二次到排岭，是1978年春天，初中毕业后务了农的我到排岭学了快两个月的木匠。第三次是1979年考上淳安中学后在排岭的三年读书生活。三个片段，有三种美味一直香在记忆里。

抹不掉的记忆，是曾经的偶尔吃上油条泡豆浆的回味——三分钱一根，炸得透透的脆脆的小小的油条，泡进六分钱一碗的甜豆浆。买两根油条掐成一小段一小段的浸在滚烫的甜浆里，油条吸了豆浆，豆浆融入刚炸透的油条味，沁入心扉的感觉。

在排岭，早晨看到居民户的奶奶一手挎着小菜篮，里面有金灿灿的油条，一手提着热水瓶装着豆浆，心里很是羡慕，那时我想这就是居民户的日子啊。因为想吃油条泡豆浆，在学校读书时，曾克扣自己买米的钱——本该买10斤米，会少买二三斤，抠下钱，第二天晨跑前奔向火炉尖——学校附近的一个路边小吃店，排队买上两根油条和豆浆，心满意足坐在店里，热乎乎，甜蜜蜜，拥享克扣自己的成果。而吃到油条泡豆浆那天，早自习背英语单词或语文课文的效率似乎会高好多，但数天后，就会为少买了米而付出代价——"打游击"，到同学那儿蹭米蒸饭。

曾经在排岭的日子，回肠荡气的还有偶尔吃上的小小的薄如蝉翼的馄饨和油光发亮的菜馃。记得排岭镇中心的十字路口的一侧是一排平房，都是小吃店。读书时的星期天，难得地跑到那儿的馄饨店买一碗现煮的小馄饨，再就一个菜馃吃时，内心总是幸福地在唱歌。记得老县医院下面拐角处还有一片馄饨店，看着阿姨熟练地一只手用筷子头或者小竹签往馄饨皮上蘸馅儿，一只手飞快地捏馄饨，那种节奏，那种协调，很让人佩服，看的人会是一种享受。菜粿，有韭菜豆腐馅儿，拌了辣酱的腌菜豆腐馅儿，还有下霜后的青菜心馅儿，有时还有嫩北瓜馅儿。看着、听着菜粿烙在锅里呲呲响着，恨不得一口吃一个。吃着汤里漂着葱花或者大头菜丁的馄饨，咬一口刚出锅的菜粿，那时心里想，这就是要为之奋斗的居民户生活。

在排岭，记忆里最有豪迈感的是买一盘既当菜又是主食的肉丝炒面，再来碗黄酒。记得当时的大盘肉丝炒面是两三块钱一盘，小盘或普通的豆腐干炒面会便宜些，黄酒几毛钱一碗已记不太清。吃肉丝炒面，喝黄酒，最清晰的记忆是，1982年高考完，把书卖了——如考不上决计不再考，用仅有的卖书的钱请了一个同学到十字路口的淳安饭店（实为大食堂性质）。炒面下黄酒，很有点悲壮感。当然，一个多月后，因为要到千里之外的成都上学，还是在这个饭店，堂哥学友、哥哥学平，还有父亲，买了两大盘炒面，也买了黄酒，与他们在此道

别。黄酒下肚,好男儿远行的滋味溢满心头。

  油条泡豆浆,馄饨就菜馃,炒面下黄酒,是我对排岭的幸福感觉的记忆,是荡漾心头一辈子的美味。尽管今天的千岛湖,名传四海的早已是千岛湖有机鱼头、笋干煲、清水湖虾三种特色佳肴,而我时常想念的却是生命里的三味珍馐,它们让我一生充满幸福感,享受在幸福实现的知足和随时的回味里。纵使今天的油条泡豆浆、馄饨就菜馃、炒面下黄酒,已很难再寻到记忆中的醇厚味道……

作于2012.1.20
修改于2024.2

⑭ 流动的年夜饭

城里过年，常会为在哪儿吃年夜饭，年夜饭吃什么而纠结，但这么多年，沉淀在心对过年的回味，是老家安川曾经的习俗——流动的年夜饭。

在老家，除夕晚上的年夜饭就叫年饭。不论你家里条件多困难，生活多拮据，过年，在每个人的脸上都会满是灿烂。过年的元素，进入腊月中旬你就能感受得到。小年后，各家便开始做油馃、豆腐。油馃是用江米粉和面粉和在一起，揪成一个个小剂子，再揉成圆球压成小圆饼坯，用菜油炸。豆腐呢，最早是用石磨磨浸泡过的黄豆，一般需要磨大半天，后来村里有了加工厂便省了许多工夫。用山泉做的豆腐口感特别，多吃也不大会胀肚。留出过年吃的白豆腐后，大部分都炸成油豆腐。父亲通常会在灶上放上先炸好的豆腐和油馃，再点根香，祭了灶爷。炸出的豆腐金灿灿的，特发特好吃。年三十头两天，家家户户还会做很多很多包子（馒头）、白米馃（在模子里印制）、靓梳馃（形状像老式梳子，里面以韭菜豆腐或腌菜豆腐为馅儿），

以备正月里亲友来时很快可以用于招待。熬米粉羹，里面有梅干菜、豆腐干、黄花干、松蘑等。

过年元素的重头，是年成好时杀猪。剁好的猪肉抹上盐后腌上，用石头压着。过年的另一番忙碌，是家家户户自制米花糖。把米泡好后炒熟，条件好的家庭让爆米花师傅帮着爆，但自己炒的米花要更瓷实。做米花糖用的糖浆，是各家自己熬制的番薯糖，有的家庭用小麦熬糖。父亲特别愿意帮人做米花糖，因为热糖要掌握火候。父亲似乎很有经验，糖和米花倒进榨圈（木制的方形模子）后，快快搅匀，并用木凳面匀匀地去砸，砸好后用菜刀切成一片片，整齐码放在大瓷缸里。米花糖是正月里家家户户待客时的必备，一般会吃到三月份，既可以待客又可以当地里干活回来的点心吃。

除了杀猪，做米花糖，蒸包子，做白米粿和靓梳粿以及炸油粿、豆腐，年元素的重中之重，是上坟祭祖。老家习俗，母亲一般不跟我们上坟，而是在忙着准备年饭。年饭做熟前，孩子们依着大人的吩咐，洗了脚，剪了指甲，换上新袜子，穿上新衣服,还有母亲用很多个夜晚纳鞋底给一家人缝制的新布鞋,如果鞋面是灯芯绒的,孩子们会更加开心。

一直到上世纪九十年代初,每年的年三十,大概下午四点就能听到村里各家在叫人吃年饭。那个时候,我们是爷爷伯伯叔叔堂兄家转着吃,这家刚吃二十分钟,那家就来叫了。虽然都贫穷,但家家都把平时舍不得吃的摆上,一个晚上要去吃四五家。有的家里是自制的米酒,奶奶喜欢烧酒,我们就去给奶奶打点散酒。父亲母亲总是愿意把辛苦了一年的年成,体现在年饭里。虽然家里很艰辛,但母亲总能把一桌菜做得香喷喷,即使在自家没有猪肉,想办法借猪肉过年的年景里,对来年的憧憬依然在年夜饭里彰显。

平安一年就是幸福,家和三百六十五天便是快乐。相逢一作揖,相聚一杯酒,祝福在相互的微笑里,感念在彼此握手时。这些年,爷爷奶奶们不在了,大伯和父亲也离开了我们,过年的不少习俗在生活变好的今天已经淡化,但杀猪,

做油馃、豆腐，做包子、白米馃、靓梳馃，做米花糖，煮米粉羹，上坟回来后洗脚换新袜子、新鞋，穿新衣服，初一清晨放鞭炮早早开门等过年元素，一直是甜蜜在心里的回味。而流动的年夜饭，是最深刻的记忆。

流动的年夜饭，流淌的是亲情，动人的是那份真诚。

走过风里雨里
幸福会等你

存武书

作于2012.4.13
修改于2024.2

⑮ 你有多幸福，其实自己并不知道

又到周末——月复一月、周复一周里的寻常时光，可于我，每到双休日，总有种幸福感溢满心田。在老家山村，年长一些的乡亲眼里，过星期六、星期日，是城里人的生活，习惯了记农历日子，以农历日期来安排农活的村里人，没有星期几的概念，更不关心是不是周末。任何时候，如果你问父母辈今天星期几，乡亲们一定半天睁着眼睛，最后告诉你"那我可不识得（晓得）"。

城里人习以为常的双休日，上了年纪的农村人看来，是一种奢望的幸福。不干活还有工资，那是"单位上"的人的待遇，上世纪七八十年代，农村只有过年初一到初六才放假，而平时除非赶上暴雨或大雪，实在无法到田地干活才难得地休息半天一天。同样的周末，于不同情境下的人们，日子的含义完全不同，就算同在一个都市生活，平淡的日子给人的感觉也会迥异。

关于幸福，一百个人会有一百种阐释，寻常如每天的起床、洗漱、走路、上班、吃饭、锻炼、睡觉，或者开心、烦恼、矛盾、痛苦，不同性格、不同阅历、不同态度，心理感受会完全不同。每一天，你睁开眼睛，拍拍自己的脸还活着，有的人会毫无感觉，有的人会很庆幸，生命健在，感恩生活。简单如每天的上厕所，有的人视为生活的习惯，有的人会感念新陈代谢的正常流转，感激生命的恩赐，正常的新陈代谢保障了一日三餐的美好享受，规律性的代谢会带来排山倒海般的畅快。即使简单如小便，有人会觉得声音美如音乐，大珠小珠落玉盘的愉悦，要知道有不少人新陈代谢困难，有的靠定期透析和化疗来支持代谢功能。再如几乎最寻常最没有感觉的走路，有的人常在公园漫步，有的走路上班，有的喜欢走路去购物，有的人深感能走路实在是一种幸运，而有的人稍微多走一点都会嫌累。但是，当你感受了坐在轮椅上的人们连站起来都成奢望，当你看到瘫痪在床的人们做梦都渴望走路的眼神，你会觉得命运多么眷顾自己，能走路是多么幸福。

幸福的生活往往相似，幸福感却常常不同。

时常听到有人对生活抱怨，抱怨命运的不公，抱怨怀才不遇，抱怨被人伤害，抱怨被人欺骗，抱怨别人不帮忙，抱怨朋友不真诚，而所有的抱怨，日积月累便麻木了自己对幸福的感悟，忘却了自己其实是幸福的人——饿了可以随意去买方便面，可以想吃爱吃的馄饨，可以想吃就能吃上喜欢的馅儿饼或饺子，还可以偶尔去大餐一顿。渴了可以喝矿泉水或功夫茶；还可以偶尔与朋友畅饮着穿越到青春岁月；可以随时去爬山，也可以随时去跑步；还可以拿张公交卡坐着地铁把城市逛遍，或者坐着公交不怕堵车地把偌大都市欣赏个透。如果你还有辆爱车，可以把坐公交时身体挨挤的罪让爱车代劳。你可以拥有帮助别人的快乐，也可以感受得到朋友相携相扶的幸福。北京一著名医院的院长曾经这么说过，得到帮助是一种幸福，奉献也是一种快乐。

幸福感与物质的富裕程度并不一定成正比。曾经几次因为没有给父母过过生日而愧疚，而我母亲却总是说："过什么生日，现在天天都跟过生日一样。"知道父亲喜欢喝酒，老人晚年时我曾多次想带他到小酒店或到县城吃顿饭,父亲总是说:"家里有酒喝就可以了。"父亲喜欢那种家里随时有酒喝的优越,在哪儿喝酒并不重要,重要的是做儿女的能多陪陪他——陪父亲喝酒,听他说曾经的自豪。穷怕了的父亲,晚年最幸福的,是去医院看病。他喜欢到医院做B超和心电图,喜欢医生对他的宽慰,喜欢从医院抓几副药提着从村脚走到村头的显摆,还有不时收到远方的孩子给他寄钱寄衣服去时的满足。而曾经借钱借怕了的母亲最欣慰的,是晚年不再向亲戚和邻里借钱后的自尊,冬天有棉皮鞋和保暖秋衣秋裤穿后冻不着的温暖,以及能随时去小镇上买一斤肉、一块豆腐和几个苹果的满足,岁数大了还用上了手机的幸福。

  曾经听人这么说过,吃过苦、饿过肚子、挨过冻的人,换句话说,为了生计本身挣扎过的人,幸福感会比别人强。尽管不同的人活在当下,幸福指数有高有低,对幸福的定义也不一样,但不管你如何定义,幸福就是一种感觉,是心里的甜丝丝、美滋滋,是即时的舒服和清爽、过后的回味。幸福的三个基本

特征——可比较、满足感和身心愉悦，因人而异。可比较，是与曾经的日子比，与别人比，与艰苦岁月比；满足感，是指实现生活的物质诉求或心理渴求后的释然；愉悦，是身体或心灵满足后的惬意。我们常常因为对幸福的不自觉，使自己变得不快乐。常常因为随处遭遇的烦恼或矛盾，放大自己的不快乐，忘了所有的经历都是对幸福感悟能力、创造能力的磨炼。

曾不止一次读过网上疯传的这样一条微博，"感激伤害你的人，因为他磨炼了你的心志；感激欺骗你的人，因为他增进了你的智慧；感激中伤你的人，因为他砥砺了你的人格；感激遗弃你的人，因为他教导你应该独立；感激绊倒你的人，因为他强化了你的双腿；感激蔑视你的人，因为他觉醒了你的自尊……"每每读到这样的文字，内心都会变得更加柔软。

感激有你，感念有我，感激我们相会在这个世界，感激包括痛苦或曾经不快乐的所有经历。幸福其实就是毛毛雨，润物细无声在日常的滴滴点点。

心怀感恩，感恩父母，感恩亲情，感恩真情，感恩你有一个吃得下、拉得出、想得开的健康体魄，幸福感就会增强，不论幸福的内涵和外延如何迁变。幸福又是阳光灿烂，她普适于所有对生命的敬畏之心。敬畏生命，会提升幸福指数。

幸福本身如一幢房子，用心感悟，用心经营，换一种心态，你会发觉自己就在幸福中，很久很久，只是并未自觉。懂得珍惜，心怀感恩，你会发现，其实自己一直是幸福着的人。

心曠神怡　無物不是景

原武書

作于2011.10.19
修改于2024.2

⑯ 人生中有多少个第一次的记忆，幸福感就有多强

　　人生中你有多少个第一次的记忆，幸福感就会有多强。

　　第一次追看汽车，是上世纪七十年代的某一天，和一帮小伙伴奔跑几里地到公社粮站，当时公社里来了第一辆带方向盘的东方红拖拉机。第一次见到火车，是连省会杭州也没去过，更不懂什么叫站台、中转改签啥意思的我，千里迢迢去四川上学，还没上火车就丢了火车票，好在听了母亲的嘱咐，有数的钱并没装在一个兜里，好说歹说上车后列车长特批，又买了一张学生票。

　　头一回吃蛋炒饭，是某一年春节在哥哥的同学家里。第一次吃苹果，是在水泥厂当工人的舅舅家。第一次痛快地吃了几根冰棍，是小学时到堂哥厂里。第一次给父亲买酒，是大学暑假节约了菜票，从成都带的绿豆大曲。毕业后，第一次拿到工资58元情不自禁笑了，那时起每月寄30元供弟弟在县城读高中。后来弟弟上大学，我的工资还没涨到

一百元,但每月都要给他寄五十元。

无数个第一次,有的模糊在早已远去的时光里,有的却沉淀在记忆里越来越清晰。记忆里,父母第一次吵架,是因为家里不见了五元钱。父亲第一次把自家养的狗打死,权当年夜饭荤菜,是几十年前家里还是生产队的"缺粮户",没猪肉过年。这么多年,每一次过春节,我都会不由自主想起那年的情形,那种内心愧疚又渴望有肉过年的矛盾心理。后来条件好转,弟弟工作了我就直接给家里寄钱,再也没有发生过把自家的狗杀掉或者借猪肉过年的情形。当第一次给父母买皮鞋和保暖秋衣过年,父亲母亲脸上满是知足。

第一次用鸡蛋换盐;第一次在生产队里挣工分;山上开荒时第一次遇到塌方,糊里糊涂死里逃生;砍柴时第一次碰到蛇时汗毛倒立;第一次拿到工资极其兴奋;第一次有了自己的粮本去粮站买粮食的感觉。第一次吃富强粉;第一次吃到粉丝;第一次吃大鱼头……

还记得父亲第一次买胡琴自娱自乐,虽然不太成曲调。太多的第一次,常常因看似平淡的生活细节所搅动,无意识地撞进每天的感觉里。第一次,铭心在人生的记忆,不自觉地融连着每天的生活。

　　幸福,因第一次的回味而更真切。平淡,因无数第一次的记忆而变得传奇。我们,没有理由不珍惜每一天。每一天,都是此生不可复制的第一个,更是唯一一个今天。

作于2012.5.11
修改于2024.2

⑰ 感受时间

一直想写篇关于时间的博文，总是刚有头绪又被琐事打断——其实是没想明白，时间于生命、于每天的生活、于每个人的工作、于自己，到底意味着什么。

一直以为，时间，是这世上最公平的，一天二十四小时，一小时六十分钟，一分钟六十秒，于每个人都无特殊，不论你贫穷还是富有，不论你是富商、高官还是打工者，时间对谁都一视同仁，但每个人对时间的态度、对时间的感受、对时间快和慢的感觉，却各有不同。

听人这么说过，一个人的多半时间是在不经意中度过，一生的绝大部分时光是在不经意中流逝，只有当你对某件事特别渴望特别期待特别在意时，才会对时间有快和慢的深刻感觉。记得上小学时，因为不能按时交书费学费被老师点名批评时，那节课比一整天还难熬，而高考做试卷时，却又觉得时间过得奇快。上大学时，盼着赶紧毕业参加工作好拿工资，觉得四年时间好慢。

不同的情形下，对时间的感受完全不同。孩子小时，盼孩子长大，觉得时间好慢，而当孩子上了大学真的长大后，你却会感叹岁月如梭。好友屈平曾这么感慨：一定要珍惜父母健在的时间，父母在，我们都没老，我们都还是孩子，而父母不在了，我们面对自己的孩子不断长大、不断成熟，你自己已经在不断地老去。

时间的快，是父亲辞世那天的刻骨感受。2010年6月18日早晨，忽然接到妹妹打来父亲病危的电话，我火速买了机票赶往机场。担心出租车不好打，好友特意安排车送我。很多时候就那么寸，因司机是刚到北京的师傅，线路不熟悉，去机场路上两次错了道，而我方位感也很差，最后还是下车拦了出租，赶到机场已经晚点，只好改签下一个小时的航班。妹妹电话里告诉，父亲头天晚上后半夜数次声音微弱地问起"学武什么时候回来"，早晨昏迷中醒来后父亲喘着气出着虚汗几乎听不到的声音说："我可能等不着学武了……"在赶往机场的路上，在候机室，在飞机上，在杭州赶往老家淳

安的途中，满脑子都是父亲的这两句话，心里默默祈祷："父亲你可一定要挺住啊，我还要跟你的倔强'较劲'呢。"一路上，多么希望时间慢点再慢点，小车在高速上快点再快点。中午12:00，还在高速路，妹妹在电话里沙哑着说父亲走了，让我别着急，注意安全……我最终未能与父亲见最后一面，未能在父亲弥留之际叫一声"叔"（"叔"，老家话里，父亲的一种叫法）。那一天，时间快得仿佛能听到自己心跳加快的声音，而内心又多么期望时间停滞。

感受时间的奇慢，是2010年圣诞节的头一天，一位年轻于我的朋友在三〇一医院手术，我们目送他被推进手术室。术前，医生告诉他爱人，手术开始两个小时左右若出现紧急情况，手术室外显示屏会亮起红灯，医生会出来跟她商量。等在外面的我们，来回走着，一会看表一会看显示屏，彼此安慰，希望时间快点再快点，盼着快点过完这两个小时，又怕真到两个小时红灯亮起。记不得我们看了多少次手表和手机上的时间，平时并不经意的一分钟、两分钟、十分钟、六十分钟、九十分钟、一百二十分钟，如此漫长，时钟每走一秒仿佛要停下来歇会儿似的。熬到两个小时，显示屏并未亮起红灯，我们悬着的心总算被安慰。经过了漫长的五个小时的等待，朋友被推出了手术室，医生告诉说，手术很顺利。朋友出院后，恢复得很好，但她爱人同公公婆婆说起当时的心情时，在医院未掉一滴眼泪的她，再也无法抑制自己的感情……

　　太多的人生故事，总是在我们的不经意中发生。所有的苦痛和快乐，都是随时间不自觉地流淌进你的心脉，而我们总是在生命价值的追求中独独忘掉了关注时间本身。我们似乎拥有了太多的自豪，太多因奋斗而来的事业的欣慰。我们在忙碌中忘掉了给时间本身留点空间，让生命滋补，让生活慢下节奏。一位在所从事的领域卓有建树的好友，参加工作二十多年来，每天早晨七点钟到单位，晚上不能按时回家，周末常忙得连偶尔美容的工夫都少有。我与心怀仁爱待患者，现任职更重要岗位的朋友开玩笑说："如果每天再给你增加12个小时，

你不再这么忙了,那你白天的忙一定是真忙。如果一天给你增加12个小时或者24小时,还是这么忙甚至更忙,那一定是忙得有问题。"这位深得患者好评的专家笑着说:"会改变,会改变。"

时间就是金钱,我们似乎习惯了这样的理念,但拥有金钱不就是为了更好地享有生命、享有时间吗?对时间的态度,其实就是对生命的爱的程度。身处现代社会的我们,总是希望拥有更多自己的空间,而没有时间谈何空间。

给自己留出更多的时间吧,因为时间其实是空间的另一个代名词。蕴藏机缘、构筑岁月的时间,见证友谊,考验真情。日子,是时间的单位,而时间,是所有活着生命的量词。珍惜时间,从珍爱每一个日子做起。富有时间才是真正的富有,享受时间才是真的享受。

做时间的富人,而不是时间的奴隶。感受时间,别让时光在你生命中因忙碌而无感觉流逝……

作于2012.3.22
修改于2024.2

⑱ 回家

每个人都有回家的情结，离开家乡越久，沉淀在心的回家的故事就会越清晰。

在老家小山村生活的岁月里，回家于我，曾经只是干农活后的歇息，对家的概念几乎是一种不自觉和不经意。第一次体味回家的亲切，是初中毕业务了两年半农后，跟师傅在县城学了一个多月木匠，因师傅脾气火暴，加上我自己不小心一斧头背敲到了左腿上，疼得我把斧头扔一边，执意不再学木匠，借了路费跑回了家——回家，变得如此温馨，头一回觉得家的亲切。也就是那一年母亲去求当时的公社中学校长，学校同意我插班到初二重新读书，几个月后凭着刻苦，我考上了县里的重点高中。

因为住校，读高中时通常是半年才能回家一次，有两个暑假还跟着父亲在县城搞副业（做民工）挣学费。那个时候，每学期开学总是从家里挑了大米、梅干菜和炒好的辣酱、萝卜干等，一学期结束才能回家。由于条件贫寒，没有更多的衣服，只能靠勤洗才有衣服换，因此洗衣服的次数也就自

然比别的同学多。寒假回家,换下衣服递给正在小溪里洗衣服的母亲,总有一种释放的感觉。尤其是吃了一学期的"死菜"(很长时间只吃同样的干菜)后,回家吃"活"菜——母亲炒的菜园里的新鲜蔬菜,心里总是甜丝丝的。

  上高中时回家的难忘,是三次寒假。第一个寒假,是人生中第一次离家最久后回家。去县城上学时,哽咽着与摔伤躺在床上82岁的奶奶道别,寒假回家,奶奶已经辞世,而我为了不耽误学习,也因为舍不得来回的路费,未能与奶奶见最后一面。第二年的寒假,因失火家里房子被烧,回家时是在借住的好心邻里让成伯伯家的房子里过的年。我读高中的第三个寒假,正好房子被烧后整一年,父亲母亲在什么都没有的情况下,白手起家,盖好了新房。虽然只是泥墙屋,四面透风,但我们又有了家。

  艰苦的日子里,每年回家依然有一盏灯照亮在心。父母不识字,孩子多,父亲身体又不太好,家里是生产队里的老"缺粮户",有好几年平时只点煤油灯,过年前后的半个月才接上15瓦灯泡。看着电灯刹那间亮起,心里总是觉得格外亮堂,连拉开关的声音都觉得特别好听,以至于这么多年,每天晚上家里即便开着大灯,我都会不自觉地常拧开台灯,喜欢被黄色灯光温暖着的感觉,家里人总是批评我浪费电。

　　孩子上大学,给父亲母亲带来了看得见的生活改善的希望,父母脸上不经意的笑容也比以前更多些,除了第一学期我刚到成都上学未能回家过年,之后的每个假期都想办法回家,而母亲虽然会为我回程的路费纠结,但看到假期里我想回去也不执意反对。记得上大学第一次回家,我节约了假期里的伙食费生平第一回从成都给父亲带了一瓶绿豆大曲(白酒),给妹妹买了条长围巾,还用一个漂亮的小竹篮子带了满满一篮水果,而自己在火车上一天一夜舍不得吃任何东西。上大学回家,需要坐近50个小时的火车,还得中转,返校时根本没有座儿,常要站上一天一夜,才有可能等到个座位,晚上常是在人家的座位底下用报纸垫着香香地睡着熬过,但从不会因此觉得回家辛苦。

　　感受回家一年比一年顺利,是到北京工作特别是成家以后。最早是堂哥学友、学才和哥哥学平骑着自行车到虹桥头码头去接我们。有一年大年二十九,正好下雪,我们一溜四辆自行车六七个人在飞雪中赶着回家过年,那情景至今兴奋在心。而随着交通的改善,每天多个航班,好几趟火车,便捷地直达杭州,从杭州到老家县城的时间也由以前六七个小时的山路变成了现在的高速路,从县城回村也有了方便的公路,回家的旅途,不再翻山越岭。而现在,北京至千岛湖的高铁都已开通,回家变得过去难以想象的便捷。

　　这么多年,只要想起回家,心就会变得柔软。想起很多年里,每次探家返回,父亲母亲都要送到村口,而我总是假装没事地说"回去吧",便头也不回踏上归程。走出好远再回头,父亲母亲依然站在原地望着我们。父亲去世前两三年,每次回家再离开时,父亲总是似拉非拉我的手,像是自言自语:"不知道还能不能见到你们。"那一刻,只是轻轻拍几下父亲的后背,想说"没事没事,马上就会来看您",却又说不出来,而现在已经永远没有了再拍拍父亲后背的机会……

回家于我,是一份乡情,一份血脉里的亲情,也是一份宁静,一份从未忘却的童年和少年生活的回味。每次回家,母亲总是忙着去菜园里剁自家种的菜炒给我们吃。而每次当我经过熟悉得不能再熟悉的回家的路,总会不由得想起务农时挑柴路过母亲干活的田地,肚子饿得没劲儿了,把柴担放在路边让母亲帮着挑回家的情景,想起母亲挑着梅干菜和粮食,走三个小时送我到码头赶船去县城读书的情形。

曾因生计所迫,做梦都想离开家乡,历经生活磨砺后才深切意识到,每次回家带给自己的是心灵深处的幸福。家是心灯,多回趟家,生命就会满是温暖。

人生如逆旅
我亦是行人

苏轼诗句 居戟书

作于2015.6.21
修改于2024.2

⑲ 父亲结

总能读到把父亲比作"大山"的亲情描述——无论是经济支撑还是精神支柱，父亲常常是每个家庭的顶梁柱。而我的父亲晚年因为身体虚弱，已经不常下地干活。离世前的几年，田里地里、家里家外，都是母亲辛劳操持。经常看到用"伟岸"来形容父亲的身躯，而我的父亲却是步履蹒跚，佝偻着身体度过了晚年。

父亲离开已整整五年，但我一直不敢在父亲节的时刻回忆父亲。父亲并不知道世上有个父亲节，但老人却是在父亲节到来前离开了我们。从未拥抱过父亲的我，在父亲节头一天，抱着父亲遗像为父亲送行……

五年前父亲节的头两天，我赶回老家，父亲已经静静躺在临时搭起的硬木板上，任凭我怎么呼唤，也不再睁开眼睛。任由做儿子的我第一次跟他说"对不起"，也毫无回应。那一刻我很想很想告诉父亲，你传给我什么不好，为何要把倔强的基因遗传给我，以致在你生命的最后两个月，因为性格

太相近,我们彼此未能说上此生的最后一句话——纵使比什么时候我都更牵挂你。

很多年里,都以为自己理解父亲,理解父亲内心太多的情结。每每看到用石头砌成的石墙、石阶,就会想起做石磅是父亲一生的自豪和从容。夏天看到草鞋状的凉鞋,无意间会想起父亲做草鞋的情形。看到别人扫地时,会不自觉想起父亲用竹丝绑笤帚的自我沉醉。而我去理发店理发时,总会不自觉地想起从前买不起推子的父亲,喜欢用剪刀义务给人理发。父亲晚年步履蹒跚,放鞭炮依旧是他最开心的事。不成曲调地拉胡琴,是父亲晚年的消遣。喝酒,是父亲一生的精神寄托。

因为在意父亲的喜好,我参加工作后家里经济条件好转,总是愿意父亲随时有酒喝。回家过年,我会买很多鞭炮让父亲过瘾,而父亲依旧喜欢放两头响的火炮,后来也喜欢点老长老长的百子炮。父亲喜欢一次次重复着说以前在县城排岭做石磅的故事,我也会在亲戚来串门时,假装自然地提及一个话题,父亲将计就计地美滋滋跟友亲们说起内心的

"辉煌"。

甘于孤独的父亲,其实很喜欢热闹,尤其喜欢邻居、亲戚围坐在八仙桌或火炉旁,听着有点酒意的他讲着:"我是身体不好,要是身体好些,会有很多人请我去做塝,请我去填屋基。"前年回家,同学一成还特意跟我一起找到了父亲当年做过的"梅花塝"。

也曾以为,父亲的晚年是幸福的,因为四个孩子都以不同的方式关心着他。我曾劝父亲到北京来住一段时间,怕坐长途车晕车的父亲却死活不肯来,有两次已经买好了卧铺,依旧未能成行。现在想起来,父亲是不愿意放弃在山村生活的一份自在,更不愿意给儿子添麻烦。很后悔,这么多年父亲没来过北京,没带他到天安门去看一看。不知道父亲内心会不会责怪我。

父亲的晚年,喜欢去邻村仙山街去买馄饨吃,有时候也会享受让人给他理发的惬意,但总是要折腾母亲,常让做过腰椎手术、腿脚不太灵便,但晚年无师自通学会骑三轮的母亲带着他去。父亲和母

亲吵了一辈子，但母亲在生活上尽心照顾父亲。

在父亲晚年的十多年里，我每天都会给家里打两次电话，更多的内容都是关心父亲的身体和父亲的心情。父亲喝酒后也会抢着接电话，借着酒劲跟我说说村里的新鲜事。没想到的是，喜欢喝酒的父亲在生命的最后几个月有些酗酒，喝完酒后多次找茬跟母亲吵架，烦躁时还把母亲做的饭倒掉，母亲被折腾得生病。听母亲说了后，我有些不高兴，电话里狠狠说了父亲，并假装生气，两个多月不跟他说话，但每天都通过母亲和妹妹关心他是否起床，吃什么饭了，今天身体怎么样了，嘱咐他们要更关心父亲。母亲不在家时，我还专门托邻居去看父亲。

父亲多年身体不好，我们内心一直很牵挂老人的头疼脑热，但并未理解父亲最后那段日子里的"滋事"，是控制不了自己。那两个月，我故意不理父亲，一直到他离世，都未能说上一句话，这是我此生的后悔。

未见上父亲最后一面，是我心里的结。妹妹

告诉我,父亲弥留之际,昏迷中几次醒来说:"我可能等不到学武回来了。"父亲去世时浑身出虚汗,全身湿透,喘着粗气,那双拉着母亲和我妹妹的手,从使劲攥着到猛然间放松。我的内心既纠结又有点近乎残酷的庆幸——没在父亲床前见到父亲咽最后一口气,也就看不到父亲难受的样子。不忍经历父亲离去时生离死别的无奈,一如母亲离开人世时最后一刹那,我同样不愿看见那一刻情感的苍白。父亲母亲生命终止时,活着的我们只能从心里把老人放下。

因为性格的相像,不善言辞的父亲健在时与我的沟通并不多。父亲离去后,我写的有数的文字,并没能把父亲一生的艰辛真正记录下来。《父亲,一生最倔是担当》,只是记录父亲性格的几个片断。《父亲的胡琴》《父亲的剃头情结》《塝师傅老王》《父亲的鞭炮情结》《天堂的父亲,是否每天还喝点小酒》,记述的是父亲内心的情结,而《如果你还在》《别样的父亲节》的文字中,我试图能平静记录血脉关系对生命的提示。但再多的文

字,都未能更敬畏父亲内心的情结,未能更深切审视父亲留在我心里的"结"。

如果,对父亲的关心,能多一点点坚持,多一点点耐心,多一点点体谅,父亲内心的情结一定会更温暖我们的心,父亲内心的纠结一定会因孩子们的更关心而温软地化开。而我或许会发现,山一样坚强的父亲与性格相近的我,所有的心结,都会因为血脉相通、心性相知,而温暖彼此的生命。

倔强的父亲,其实心很软。儿子的情,父亲的"结",有时是因为那份浓得化不开的血脉之情,少了一点表达的婉转,多了一份面子上的不相让。

父亲"结",似父亲双手厚厚的老茧,坚硬无言。父亲"结",又如父亲晚年佝偻的身体,蹒跚中充满信念的力量,守护儿女的一生。

谁说乱话压底气
里兮才算
英雄

摘自《威勇者》歌词

亥年剑月居民书

作于2019.12.8
修改于2024.2

⑳ 生活是一首诗，生命就是一首歌

很温暖。在这么一个北方冬天的星期天，被乡情、友情、真情包围着。很开心，来自这么多领域的嘉宾，在燕园的北大书店，为新书《乡读手记》的首发，带来抬爱和鼓励。

每个人心里，都会有牵念的地方。这地方，或是曾经养育你的一方水土，或是不远千里你求学的都市，抑或是你创业和成长的地方，哪怕是在这个地方流过泪，感伤过，失去过，但她会自觉不自觉地出现在你的梦乡。走过很多年后，我们发现，原来时常牵挂着的地方，就是初心出发之地，是责任之源、力量之泉。

一个政党、一个国家、一个民族，不能忘却自己的初心。作为家国的一分子，也理应如此。不忘出发的地方，才会有感恩之心。记得出发的地方的人和事，才会成为一个温暖的人，才会在前行中感受点点滴滴虽微小但连成一线连成一片时，会温暖这个世界的美好。而乡情、乡亲、乡愁，总是以才下眉头又上心头的牵挂，阐释着平凡的生活原来如此温馨，总会以回去了会幸福好一阵子的美好，留存在一程程的记忆。

我一直感觉，不管你用什么方式记录平凡生活的美好的点滴，都是幸福滋润，是生命意义乃至生命本身的延伸。不少朋友问我新书为什么叫手记。很惭愧，真实地告诉大家，我所有的文字都是随手随心的寻常生活记录，算不上严格意义的诗文，所以称它为手记。

我不懂诗，更不懂歌，但生活就是一首诗，虽然平淡；生命，就是一首歌，纵使平凡。你只要尽量靠近生活的真实、生命的真谛，去表达内心，或许你的文字有意无意已经自带点诗或歌的味道。诗与歌抑或字与文的境界追求，大概就是为了传递一种情愫的真、情感的善、情怀的美。《乡读手记》，记录的不只是生活越来越美好的今天，对乡情的感念、乡亲的感悟、乡愁的感怀，更多是对初心承载的人和事的一种感激。这种感念，相伴着我生命的每一天，甚至是生命的另一种形式。

真心愿意，《乡读手记》可以触动或点燃你内

心关于乡愁、关于情怀、关于梦想的诗或歌。感谢著名主播姚科老师赋予文字以生命的二次创作,感激著名心血管病学专家张抒扬教授繁忙工作中抽出时间作序鼓励,感恩读者朋友的包涵、北大出版社的抬爱。感激所有包涵我文字的朋友,今天要特别感谢来自老家淳安威坪镇和安川村的乡亲,还有来自浙江开化、山东青岛、安徽黄山等地的朋友,谢谢你们远道而来参加《乡读手记》的首发式。

梦想总是因初心而更美好,真情总会因初心共读而更浓。无论我们来自哪里,都不会忘记那个初心出发的地方;不论你远居何处,一定还记得初心,记得梦乡里常出现的地方。

谢谢大家!

(注:本文系作者2019年12月8日在北京大学出版社举行的"乡情乡亲乡愁感读会暨《乡读手记》首发式"上的致辞,修改于2024.2)

常在的悟又是不自奋斗又彼此推让

二〇二年十二月十六日 王彦武书

作于2023.12.29

㉑　【个人新年献词】放飞心绪，只为来年

在2023上班最后一天，你想做什么，会做什么，在做什么，还是什么都不想做，或者什么都不用做。还是，开一个会或参加开会，为总结2023做总结安排，为展望来年，对即将远去的2023做一次回望。抑或，更愿意试着给平凡的自己写几句平淡的句子，作为个人新年献词呢。我愿意选择后者，来一次仪式感。

2023，在努力干好工作的同时，平凡的自己真心过好小日子。未曾忘却自己从哪里来，那份初心依然温暖在心。在担负该担的责任的自觉里，学会包容自己。这一年，妹妹从千岛老家递来自己种的菜的次数，还是未记住。

这一年，在融化偶有的纠结中，感悟着何为从容。守一份热爱生活的期许，以行动的方式为时光造句，乐在其中。做过的无悔的事，真心不用去数。对了，个人微信公众号——"时光里的时光"依旧每天发原创。

2023，进一步体味，只要活在人间烟火里，

就不用疑惑如何更接地气。做着想做该做能做的事情，成就一份要成可成当成的愿意。依旧以平凡注解平安，以平常丰富平淡。一部叫《乡愈》的新书，已开始排版，由北大出版社出版，会在来年春天与读者见面。

这一年，似乎更加懂了，责任才见信守，行动最是从容，快乐注解纯粹。作为一个乡亲乡情乡土文学作者，有幸入选中国作家协会会员，是对文字更敬畏的砥砺。生活依旧一日三餐，时光依然轮回四季，但对人生的敬畏、对生命的珍重，此心不变。

2023，曾经设定过职业生涯的一百天倒计时，现在已经可以不用此算法，新年后不久，新的人生阶段即将开启。那个平凡的自己，依然平凡，却可以努力去做自己想做的事，只是时间会更加从容。因为相信，每个人都是自己的传奇。

这一年的今天——12月29日，2023上班最后一天。分明要去开一天的会，应该不算太虚度时光。作为个体的自己，强烈感受到这一年国家的诸多不

易和诸多努力。经济回升向好,鼓舞着每个人的信心,一切都会好起来。

放飞心绪,只为来年。那一句,明天会更好,会让信仰更见生机。而那一句,平安最是温暖,让每个平淡的日子变得温馨。祝福新年,祝福新年里每个平凡如我的个体。

是为个人新年献词,就当致敬远方和诗。

凡是美好都在发现和行动

二〇〇七年十月十日启功书

后记 乡是乡的乡

　　文字成册,总是有遗憾。写关于乡情、乡亲、乡土的文字,总觉得没有写透,也深感自己写不到位。

　　但,有遗憾,不就是生活的美在演绎、生活在继续的缘由吗？原乡、故乡、家乡,一个永恒的话题,每个人心中的故事,更是每个故事中的温暖。

　　乡是乡的乡/愁是愁的愁/不想惹乡思　为何总要思乡/乡愁不是愁/为何抒怀乡愁。这是听最近被传唱的一首好听的歌而随心写的几句话,也是在《乡读手记》出版四周年之日写的一篇手记中的一段。

　　是啊,原乡即家乡,家乡何成故乡,不愿乡思惹,惹乡思愁模样。无论我们身在何处,随我们心灵漫游的是那份乡愁,而正是这一份写不透、唱不够的乡愁,疗愈在我们前行的每一程光阴,治愈着每个生而平凡的我们。

　　平是平凡的平/凡是平凡的凡/乡思俊乡思情/乡愁哪有清单。感激好友们对《乡愈》出版

的倾情支持。愿"乡之旅""亲之疼""心之情""淳之愈"系列作品构成的这部平实情感手记,能走进你的心灵,伴你乡思,陪你乡愈。

大凡牵挂,皆自乡愈。因为,每个平凡的我们,都有一个最在意、最牵挂的地方。而那个寄托深情的地方,就是每个人心中的"乡"。

乡是乡愈的乡,愈是乡愈的愈。

2024年3月